JN315532

二見文庫

熟れた教え子

霧原一輝

目次

熟れた教え子

第一章　八年前の記憶

1

藤色の地に古典柄の裾模様の散った着物を身にまとい、黒地に金の模様の帯を締めた二十七、八の女が、周囲のゼミ生と距離を置いてひとりぽつねんと佇んでいる。

（あれは、たしか酒井智子《さかいともこ》……？）

椅子に座った村越辰雄《むらこしたつお》は女に目を留めて、記憶のアルバムをめくった。

当時とは見違えるほどに女らしくなっていたが、間違うはずがない。

（そうか……智子も来てくれたのか）

当時を思い出していると、

「先生、長い間、ご苦労さまでした」

男の教え子に声をかけられ、頭のなかでめくりつづけていたアルバムが止まる。

「ああ、鵜飼《うかい》か。来てくれたのか」

「村越ゼミのかつてのゼミ長として、先生の退官をねぎらう会に来ないわけにはいかないですよ。でも、すぐにまた私立大学への赴任が決まっていらっしゃるそうで。さすが教授です」

鵜飼が太鼓持ちのごとく言って、分厚いレンズのメガネをひょいとあげた。

如才がないところは昔そのままだ。もっともそのおかげで、大手広告会社に就職できたのだから、それはひとつの才能であるのだが。

辰雄は勤務する国立M大学の定められた教授の定年を迎え、六十三歳で退官した。私立大学の場合は教授の定年は国立大学より遅く、辰雄の業績を評価した私立S大学に、文学部教授として数カ月後に就任することになっている。

退官して間もなく、最後の村越ゼミの学生がOG、OBに声をかけて、退官をねぎらい、新しい門出を祝う会をホテルのパーティルームで開いてくれた。

すでに挨拶を終え、祝辞も終えて、会は歓談の時間に入っていた。立食パーティの形なので、さっきから門下生が次から次とやってきて、休まる暇がない。

そんな辰雄の状態を知ってか知らずか、鵜飼は今二十九歳で、マーケティング部門の課長として忙しい毎日を送っていることを、相変わらずの雄弁ぶりを発揮して話しつづけている。

話を聞きながらも、智子らしい女のことが気になった。

鵜飼がゼミ長のときに、智子は一学年下で一緒に活動していたという記憶があるから、鵜飼は智子のことも知っているはずだ。

「あそこにいるのは、酒井智子かな?」

五十名ほど集まったゼミのOG、OBに紛れるようにして談笑している着物姿の女を示すと、

「ああ、はい、そうです、酒井です。今は結婚して、たしか吉澤《よしざわ》と言うんだっけな。連れてきますよ。待っていてください」

鵜飼が人込みをかきわけていく。

(そうか……酒井智子は結婚しているのか)

鵜飼より一学年下ということは二十八歳。その歳になれば結婚していて普通だが、それでも、少しだけ心が乱れた。

八年前、智子は日本の古典文学をテーマにした村越ゼミの一員となり、『万葉集』に関する卒業論文を書いて卒業していった。

辰雄は四十九歳で教授になり、その後、定年まで国立M大学一筋だった。数多《あまた》いる鵜飼ゼミの卒業生のなかで、智子がとくに印象に深く刻まれているのは、あのゼミ合宿のことがあるからだ。

S高原で避暑もかねて行われる合宿の夜、辰雄は発表が上手くいかずに落ち込んでいる智子に声をかけた。

智子はストレートの長い髪を肩に散らした陰のある学生で、こぼれ落ちそうな大きな目をしたととのった容姿をしていた。ひとりでいることが多く、何を考えているのかわからないところがあった。だが、独自の視点を持ち、『万葉集』に関する見解も鋭く、辰雄を時折ハッとさせた。

そんな彼女だからこそ、懊悩している姿を見ると、なんとかしてやらなければという気持ちになった。

智子を誘って、二人で夜の高原を散歩した。

当時、辰雄もまだ五十五歳で男の欲望があったことは否定できない。大学教授と言えどひとりの男。文学部の教授で若い女の学生を身近に見ているせいもあってか、当時の辰雄は男として現役だった。

「考えがちっともまとまらないんです。ダメですね、わたし」

思い悩む智子を横に感じると、ふいに、カーディガンに包まれた肩に手をまわしたくなった。それを抑えて、

「きみは独自の視点を持っているから大丈夫だ。焦らないでやればいい。まとめようとすることが間違っている」

と、言葉をかけたことをはっきりと覚えている。いまだに記憶に残っているのは、それだけ気分が昂揚して神経が張りつめていたからだろう。

高原の夏の夜のしんと冷えた空気は、三十歳以上も歳の離れた教授と教え子の距離を、少しだけ縮めていた。

草の上に座り、都心で見るより光り輝いている星座を眺めていると、智子が肩に頭を載せてきた。それがあまりにも自然な行為で、拒むことはできなかった。

それまで、辰雄は何かにつけて智子に目をかけてきた。智子もその気持ちを感じているのだろうと思った。

自分をコントロールしようとする機能が働いたが、シルクのようになめらかな髪とかすかな震えを感じて、辰雄もその肩に手をまわしていた。

智子がさらに身を預けてきた。

何か言わなければと思った。だが、男と女に関する台詞は思いつかず、結局、

口を衝《つ》いて出たのは、

「大丈夫だから。自分を信じて」

という、陳腐な人生訓でしかなかった。

甘ったるいコンディショナーの微香を感じると、そのまま智子を草の上に押し倒したくなった。だが、自分の立場を考えて、かろうじて思い止まった。

当時すでに辰雄は再婚して、今の妻である扶美子と一緒にいた。そして、扶美子は自分を愛してくれていた。

だが、男と女の仲が、一方が結婚しているからと言って止められるものではないことは、扶美子と再婚したときに痛いほどに感じていた。

この状態がつづけば男の本能が自己コントロールを打ち破ってしまいそうで、辰雄は肩から手を離した。腰を浮かして、

「そろそろ帰ろうか。怪しまれる」

言うと、智子も立ちあがった。

大学のセミナーハウスが見える距離に近づくまで、智子は辰雄の左腕に寄り添って離れなかった。

その後も、辰雄は教授と学生の一線を越えることなく、智子をゼミの一学生と

して扱って卒業を迎えた。たしか智子は銀行に就職したはずだ。

智子のことはゼミ合宿に行ったときに思い出す程度で忘れていたはずだった。

なのに、こうして成長した智子を見て、妙に気になるのはなぜだろう？


「先生、連れてきました」

鵜飼の声に、辰雄は現実に引き戻された。

藤色の地に裾模様が散った和服を着て、髪を後ろでまとめた智子がはにかむように辰雄を見たとき、心が震えた。

卒業したのが七年前ということになる。七年という歳月は女をこうも変えるものなのか。

当時はまだ多感すぎる少女の面影を残していたのに、そのナイーブさに二十八歳という女の落ち着きと淑やかさが加わって、惚れ惚れするようないい女になっていた。

智子が自信なさそうに言った。

「酒井智子です。覚えていらっしゃらないでしょうね」

「いや、よく覚えているよ。あの夏の合宿でのこともね」

言うと、智子がびっくりしたように大きな目を見開き、そして、はにかんだ。

二人の間にただよう空気に、何かを感じたのだろうか、

「じゃあ、酒井、あとはよろしくな。先生、失礼します」

鵜飼が去っていく。その背中を追っていた辰雄が視線を戻すと、

「今は、酒井ではないんですよ」

智子が辰雄を見て、目を伏せた。

「そうらしいね。鵜飼から聞いたよ。結婚しているそうだね」

「……ええ」

「どんな人と結婚したの？」

そう聞かずにはいられなかった。

結婚相手は吉澤耕一《こういち》という法務省に勤めているキャリアで、三年前に結婚式を挙げたのだと言う。

智子というナイーブな文学少女と法務省に勤める国家公務員という組み合わせに、ちょっと違和感を覚えた。だが、実際にはこう反応していた。

「ほう、相手はキャリアか。すごいじゃないか」

普通ははにかんだり、反対に謙遜したりするのだろうが、智子は目を伏せて唇

をぎゅっと噛んだ。

その反応に解せないものを感じた。

話題を変えたかったのか、智子が唐突に聞いた。

「あの……先生は今も奥様と、あの家に？」

「ああ、相変わらずだよ」

辰雄は東京郊外に居を構えて、妻の扶美子《ふみこ》と二人で暮らしている。

智子は卒業論文を書く際に、一度扶美子に会ったことがある。扶美子も同じ国立M大学で『万葉集』の研究をしていた。考え方が似ているような気がしたから、その意見を参考にさせるために家に呼んで、扶美子を紹介したことがあった。

妻もこの会に出席する予定だったが、実家に不幸があってどうしても来られなかった。

智子は何かを考えているようだったが、やがて顔をあげ、

「あの……」

何か言いかけて、口を噤《つぐ》んだ。

「なに？　言ってごらん」

「……ご相談に乗っていただきたいことがありまして。今度、先生のお宅にうか

がわせていただいてもよろしいでしょうか？」

「……いいけど、相談って？」

「……それは、ここではちょっと」

智子がちらっと周囲に目をやった。

「そうか……家の電話は変わっていないから、来る前に電話してくれればいい」

「ありがとうございます。電話させていただきます」

智子は一瞬じっと辰雄を見て、目を伏せた。

恥ずかしがり屋でナイーブなところは変わっていなかった。大人の女になりきれないところに好感を抱きつつも、相談とやらの内容が気になった。

思いを巡らすが、あまりにもヒントがなさすぎた。

智子はまだ立ち去りがたいものを感じている様子だったが、

「先生、お会いしたかったです」

と、華やかなパーティドレスで着飾ったOG三人組がやってきて、智子は「では、失礼いたします」とその場を辞した。

お太鼓に結ばれた帯の下で、柔らかそうな布地に包まれた優美な尻が遠ざかっていくのを、辰雄は眩しいものでも見るような目で追いつづけていた。

2

日曜日の昼下がり、辰雄は自宅で妻の扶美子と、智子が来るのを待っていた。

少し前に智子から電話があって、この日なら空いているからと日時を今日に決めていた。

欅《けやき》の大木が生い茂る広い庭の見えるダイニングのテーブルについて、二人はドリップで落とした焙煎コーヒーをすすっている。

不動産の売買でひと儲けした父親の残していった日本家屋は、恥ずかしいほどに華美で扱いかねるほどに広かった。その両親も亡くなり、だだっぴろい家は二人で住むには広すぎた。子供でもいれば寂しさも紛れるのだろうが、検査によると、辰雄は精子に問題があるらしく子供はできなかった。

「智子さん、何の相談かしらね？」

扶美子がコーヒーカップを置いて、ちらっとこちらをうかがった。

つやつやのボブヘアを襟足で揃えた扶美子は、来年四十路を迎える。

年相応の落ち着きを備えていながらも、どこか気の強さが感じられるのは、都下の私立高校で古文を教えている現役教師だからだろうか。

「それが、さっぱり見当がつかないんだ。法務省勤めのキャリアと結婚しているようだし、悩みがあるとも思えないんだが」

「そう……彼女、幾つ？」

「二十八歳だと思う」

「……二十八か。わたしがあなたを奥さんから奪った歳ね」

他人が聞いたら眉をひそめるようなことをさらっと言ってのけて、扶美子は庭の欅に目をやる。

当時、村越ゼミの学生であった扶美子はその後も大学に残って、辰雄の助手をしていた。そして、すでに所帯を持っていた辰雄を不倫と知りながら愛し、それが元で辰雄は妻と別れ、半年後に扶美子と再婚をした。

すでに十二年が経っていた。

たとえ燃えるような恋で結ばれたとしても、歳月の経過は一時の激情を薄めさせる。

認めたくないことだが、二人は男と女の関係ではなくなっていた。決して仲が悪いわけではない。それでも、数年前から寝室は別で、夫婦の営みも年に数回だった。

おそらく、辰雄のほうに原因があった。還暦を越えた頃から、下半身が思うに任せなくなった。

初めて扶美子を抱いたとき、あれほどまでにいきりたっていた分身が今はよほどのことがない限り、機能しない。

反対に四十路を前に妻は才色が衰えるどころか、女の円熟味を加えて、ますます魅力的ないい女になった。

そんな妻を前にして、男としての役割を果たせない自分が情けなく、悔しい。

扶美子の凜《りん》とした横顔に見とれていると、ピンポーンとチャイムが鳴った。

「いらしたようね」

扶美子が腰を浮かせるのを見て、辰雄も立ちあがった。

「おひさしぶりね」

智子をリビングに案内しながら、扶美子が包み込むようなやさしげな微笑を浮かべる。

「卒論のことでおうかがいして以来ですから、八年ぶりです」

そう答える智子は、先日の和服とは一転してフォーマルなスーツを着ていた。

高級な仕立てだとわかる身体にフィットしたスーツが、智子の裕福な暮らしを想像させた。

「今日はわたしも主人も予定は入っていないのよ。ゆっくりしていって……そこにどうぞ」

リビングにある総革張りのソファを勧めて、扶美子はキッチンに向かう。

オープンキッチンで、リビングとキッチン、ダイニングがひとつの空間でつながっている。両親が亡くなってから、扶美子の勧めでここだけは現代風の機能的な造りにリフォームしていた。

「すみません、貴重なお時間を割いていただいて」

立ったままの智子が、ひとり掛けのソファに座っている辰雄に向かって、深々と頭をさげた。

「ああ、いいさ。気をつかわなくても。扶美子も言っていたけど、どうせ暇だったんだから」

「そうよ、智子さん。ゆっくりしていきなさいな。キャリアが結婚相手では気が抜けないんじゃないの？　うちなら大丈夫だから」

カウンターの向こうから、コーヒーをドリップで落としながら扶美子が声をかける。

「はい、ありがとうございます。なんてお礼を申し上げたらいいのか……」

智子が畏《かしこ》まって肩を窄《すぼ》める。

「いいから、座りなさい」

言うと、智子はようやくソファに浅く腰かける。先日はわからなかったが、あの頃と同じように長い髪をしていた。柔らかく波打つつやつやの黒髪が肩に散っている。

人妻になったのだから、普通は髪を短くするだろうに。

相談事を控えているせいか、眉根を寄せて思い詰めたような表情をしていた。以前からよくする表情で、この顔をされると、辰雄は手助けをしたくなってしまう。

膝丈のスカートから伸びて、斜めに揃えられた足は細く引き締まっているが、ふくら脛が充実していた。

（こんなきれいな足をしていたんだな）

当時はジーンズを穿いていることが多かったから、気がつかなかった。

さり気なく足を観察していると、扶美子がトレイに載ったコーヒーをセンターテーブルに置き、自分も智子の隣に腰をおろした。

コーヒーを勧めてから、扶美子が横を向いて言った。

「三年前に結婚なさったそうね。おめでとう」

「はい、ありがとうございます」

と答える智子の顔に、微妙な影が走った。

先日も結婚のことに触れるとこんな表情をした。もしかして、結婚生活が上手くいっていないのかもしれない。

扶美子は自分が相変わらず高校の教師をしていることを話し、それに、智子が話を合わせている。

以前、二人を会わせたとき、和気藹々と話をしていたことを思い出した。性格的には扶美子は外向的で智子は内向的とまったく正反対なのだが、それがかえっていいのかもしれない。

話が一段落したところで、

「主人に相談があるんでしょ？　わたしは二階にあがっているから」

と、腰を浮かせた扶美子を、

「あの、もしよろしかったら、扶美子さんにも聞いていただきたいんですが」

智子が押し止めた。

「いいけど……わたしがいて、ほんとうにいいの？」

「はい……扶美子さんにも相談に乗っていただきたいんです」

「そう……わかったわ」

扶美子が座り直して、こちらに視線を投げてきたので、辰雄は小さくうなずいた。

智子の相談とは、やはり、夫婦関係のことだった。

夫の吉澤耕一とは、当時智子が銀行員をしていたときに出席したあるパーティで知り合ったのだと言う。三歳年上の法務省に勤めるキャリアだった。

そこで見そめられ、また、智子も耕一に好意を抱き、その後順調に交際をつづけて三年前に結婚した。

最初のうちは結婚生活も上手くいっていたのだが、二年前に義父が亡くなり、義母と同居するようになり、それから、ぎすぎすしてきたのだと言う。

姑《しゅうとめ》は、智子のすることにことごとく難癖をつけた。夫が庇《かば》ってくれれば我慢もできるのだが、耕一は母親との絆が強くて、すべてに関して母親の味方をする。

こんな男だったのか……と、信頼していた男に裏切られた気持ちだった。

夫のメッキが剝がれて、いったんいやだと感じると、その思いは止まらなくなった。気持ちが抑えられなくなり、小さな衝突を繰り返した。

そして半年ほど前に、夫が外に女を作っていることが発覚して、智子はその家にいることがいやになった。

現在は義母も耕一も智子には冷淡な態度で、智子は針の筵《むしろ》に座らされている気分なのだと言う。

「で、別れる気持ちはあるの？」

黙って話を聞いていた扶美子が、口を開いた。

「迷っているんです。新しく人生をやり直したいという気持ちもあるし、でも、離婚となるといろいろと大変でしょうし。それで、どなたかにご相談したくて」

智子が二人をうかがうように見た。

辰雄は離婚経験者であるし、立場は違うとはいえ扶美子もそれに加担しているから二人に相談を持ちかけたのだろう。

「あなたはどう思う？」

扶美子にいきなり振られて、辰雄は心のうちにあったことを素直に口に出していた。

「別れたほうがいいいんじゃないか」

あっさり言うと、智子が一瞬、辰雄を見た。

「ちょっと、あなた。それは早計じゃない……姑が一番の原因なんだから、姑さえいなくなれば二人の仲も戻るんじゃゃないかしら」

扶美子が夫の意見を取り繕うように言う。

「そうなんですが……義母にはそのつもりはないようなんです。息子の出世を見るのが生き甲斐みたいな方ですから」

「いるのよね、そういう子離れできない母親が……もっともわたしには子供がいないから他人事になってしまうけど」

扶美子がちらっと辰雄を見た。自分が原因で子供ができないのだから、辰雄はいやな気持ちになった。

「しかし、情けない男ね、あなたの旦那さん。法務省に勤めるキャリアのくせに、母親に頭があがらないんでしょ？」

「はい……そうみたいです」

「そのくせ、浮気をするなんて許せないわよね」

それ以降、扶美子の独擅場になった。

智子はそれに反応して、丁寧に気持ちを伝えている。

辰雄は二人の会話を聞きながら、自分が離婚したときのことを思い出していた。あのとき、辰雄が助手と関係があると知って前妻は烈火のごとく怒り、そして離婚を切り出してきた。

妻は良家のお嬢様だったから、プライドが許さなかったのだろう。目が飛び出るような慰謝料を取られて一時は生活にも困窮するほどだったが、今考えるとそれでよかったと思っている。それもあってさっき離婚を勧めたのだが、智子のケースはそう簡単には行かないだろう。

話が途絶えたところで、智子がおずおずと言った。

「あの……あまりお邪魔してもご迷惑ですので、今日はそろそろお暇《いとま》します……これから、時々ご相談にあがらせてもらってもよろしいでしょうか？」

「わたしは全然かまわないわよ。あなたは？」

扶美子に言われて、辰雄もうなずく。

「相談はもちろんだけど、息抜きに来たらいい。扶美子も言ってたけど、そういう親子と一緒に住んでるんじゃ気分が重くなるだろう。気軽に来たらいいよ」

「ありがとうございます。あの会に出て、先生にお会いできてほんとうによかった」

智子が目頭を押さえた。

「苦しんでいるのね。大丈夫よ」

扶美子がその肩をそっと抱いた。

3

その夜、辰雄が自室のベッドでまどろんでいると、ドアをノックする音が低く響いた。

「扶美子です。入りますね」

カチャッとドアが内側に開いて、扶美子が隙間から身体をすべり込ませてきた。着ているナイティはシルバーグレイのシルクのネグリジェで、近づいてくるにつれて、乳房の頂にポツンと突起がせりだしているのが見えた。

辰雄の隣に身体をすべり込ませてくるので、反射的に左手を伸ばして腕枕していた。

扶美子は二の腕に頭を預け、横向きになってぴたりと身体を寄せてきた。

左足が、辰雄の下腹部に乗っている。これが扶美子が添い寝するときの形だった。シルクのなめらかな感触の内側に、女体が息づいている。

「どうしたんだ？」

「どうしたって……来たら、いけなかった？」

「いや、そうじゃないさ。歓迎だよ。だけど、しばらく来なかったから」

「いいでしょう。たまには」

会話を交わす間も、扶美子がたまにつけている香水の大人びた芳香がじんわりと包み込んできて、雄の本能が目覚める。

この香水をつけてきたのだから、今夜、扶美子は女になりたいのだろう。

「智子さん、なぜあんな相談をしにきたのかしらね？」

扶美子が耳元で言った。

「なぜって……俺が離婚経験者だからじゃないか」

「……それだけかしら？」

「どういうことだ？」

「ううん、いいの。ねえ、今夜はあなたに抱かれたいわ。あの頃みたいに」

耳元で甘く囁いて、扶美子は辰雄のパジャマのボタンに手をかけた。

扶美子は何を気にしているのだろう？　それだけかしら、という言葉の背後にある意味を考えた。

智子が自分に好意を持っているのではないか、と女の直観で感じたのではないだろうか？　離婚の相談をよりによって自分に持ちかけてきたのだから、そう考えたとしてもおかしくはない。

　合宿での件があるから、智子は少しは好意を感じてくれているかもしれない。辰雄の心に、もしかしてという気持ちがないとは言えない。だが、それも八年前のことだ。

　それでも、扶美子が多少なりとも嫉妬を感じてくれているなら、それはありがたいことだ。妻がまだ自分を男として見ていることの証拠なのだから。

　扶美子はパジャマのボタンを外し終えると、上着をズボンから引っ張りだして、あらわになった胸板に顔を寄せてくる。

　窄めた唇をちゅっ、ちゅっと胸板に押しつける。

　それから、乳首をちろちろと舐め、口に含んだ。なかで舌をからまされると、ゾクゾクッとした寒気に似た戦慄が走り、皮膚が粟粒立った。

「ふふっ、いやだ、あなた。乳首が勃《た》ってきたわ」

　胸板に顔を接したまま上目づかいに言って、扶美子は微笑んだ。

今の台詞の「あなた」を「先生」に変えた言葉を、当時も言われたような気がする。そして、辰雄は艶かしい愛撫に抗うことができずに、助手との情事にのめりこみ、それが元で妻と別れたのだ。

扶美子は辰雄の腕をつかんであげさせ、露出した腋窩《えきか》にまで舌を届かせる。

「おい、そこはいいよ」

「扶美子に任せて」

扶美子は情が乗ったときに限って、自分のことを扶美子と呼ぶ。最近は聞いたことがなかったのだが……。

自然のままに繁茂した腋毛の上から、扶美子はつづけて唇を押しつけた。それから、舐める。女の長く細い舌がざらざらと、腋毛と下地を這う。

くすぐったさと紙一重のゆるやかな快感がひろがった。

歳をとるにつれてこういうことをされると快感を覚えるようになった。若い頃はひたすら女を攻めていたし、下半身の快楽ばかりを追い求めていたような気がする。長く生きたほうが受け身の感受性は増すのかもしれない。

途中で舌鼓を打って、扶美子は執拗に腋の下を舐める。

覆い被さっているので、シルクのナイティの襟元がはだけて、下垂した乳房が深い谷間をのぞかせていた。

腋毛が唾液で光る頃になって、ようやく扶美子は腋窩を離れた。

脇腹をゆっくりと舐めおろし、腰骨のところから今度はなぞりあげてくる。

触れるか触れないかの微妙なところでツーッと舐めあげられると、全身に震えが走った。

「感じる？」

「ああ、感じるよ」

「よかった……」

満足げに微笑み、扶美子は下へと移動しながら、パジャマのズボンをブリーフとともに引きおろした。足先から抜き取ると、あらわになった下半身に覆いかぶさり、腰骨から臍に向かってキスをする。

臍の窪みを舌先を尖らせてちろちろとくすぐり、そこから真下に向かって舌をおろしていく。

中心部に向かうにつれて、ひさしく忘れていた昂揚が下腹部で頭をもたげてきた。だらんとしていたものがこわばってくるのを感じる。

肝心の部分を迂回して、そのすぐ脇を舌が通過していく。

「はあーっ」

と悩ましい吐息をこぼしながら、扶美子は鼠蹊《そけい》部から太腿の内側にまで、丁寧に舌を這わせる。

そうしながら、肉茎を握り、ゆるやかに上下動させる。

太腿を舐められる掻痒《そうよう》感と、男の急所を握りしごかれる充実感で、辰雄の分身が力を漲《みなぎ》らせた。

すると、扶美子はうれしそうに微笑み、いきりたつものに顔を寄せた。

根元をしなやかな指で握ってしごきながら、先端にキスを浴びせる。

窄めた唇で鈴口を覆うようにしてから、顔を横向けて、尿道口の割れ目に沿って舌を押し込んだ。

「うっ……」

内臓をじかに舐められているような感覚に、辰雄は思わず唇を噛みしめる。

扶美子は細い指で割れ目をさらに押し開き、金魚の口のようにひろがった尿道口に唾液を落とし、それを潤滑油代わりにして内部に舌先を押し入れる。

「くうぅぅ、もう、そこはいい」

訴えると、扶美子は今度はなすりつけた唾液をひろげるようにして、亀頭の丸みを舌でなぞった。

血管が浮き出ている肉の柱をきゅっ、きゅっとしごきながら、亀頭冠の出っ張りと窪みに巧みに舌をからめてくる。

「ありがとう。扶美子、お尻をこちらに」

言うと、扶美子は顔をあげて身体の向きを変え、ゆっくりとまたがってくる。

長時間勃起を持続させることには、自信がない。だから、シックスナインで扶美子の膣口を湿らせ、なるべく早く結合を果たしたかった。

扶美子が片足をあげて胸のあたりをまたいだ。

その間も、肉棹のエレクトを気づかって、指で握りしごいている。

尻を引き寄せて、ナイティの裾をまくると、丸々として充実しきった尻が目前にせまってくる。

下着をつけていない尻はほどよくくびれたウエストからうねりあがるようにせりだして、熟れた女の肉感を圧倒的な存在感で示している。

「ああ、いや……あまり見ないで」

扶美子が恥じらった。

「どうして？　きれいなお尻じゃないか」

「だって、この頃お肉がついて……大きすぎていやだわ」

そう言う扶美子がいまだに女の羞恥心を失っていないことがうれしかった。

「大きすぎるなんてことはないよ。肌はつるつるだし、形もいい」

褒めて、尻たぶを撫でまわした。

実際に、肌はすべすべで引っ掛かるところがひとつもなく、手のひらに心地好い感触を与えてくれる。

ベッドサイドのテーブルに置かれた傘のついたランプが、ボリュウムあふれる尻をほの白く浮かびあがらせている。

尻たぶの底で口をのぞかせている亀裂に顔を寄せて、ひと舐めすると、

「うっ……」

扶美子はビクッと尻たぶを引き締める。

尻を引き寄せて、貪りついた。磯溜まりに似た匂いがほのかにこもった女の溝に沿って上下に舌を這わせると、

「あああぁ、ぁうぅぅぅ……ぁあぁぁ、あなた、気持ちいいわ」

ひとしきり喘いでから、扶美子は分身を一気に頬張ってくる。

湧きあがる愉悦をぶつけるように、棒状になったものにさかんに唇をすべらせ、あふれでた唾液を啜る。

その努力に報いようと、辰雄もクンニにかかる。

尻たぶに指を添えて開くと、中心の女陰もぱっくりと花開いた。

枕明かりを浴びた赤いぬめりはキラキラとした蜜にコーティングされて、妖しい蘭の花のように内部をのぞかせている。

夢中で舐めた。

割れ目に沿って舌を上下動させ、上部の膣口に尖らせた舌先をちろちろと躍らせる。小陰唇の脇をツーッと舐める。

また本体に戻り、鶏頭の花のように褶曲《しゅうきょく》した肉びらを口に含んで揉みほぐす。

「うううぅぅ……うぐぐっ……」

くぐもった声を洩らして、扶美子は舌の動きに翻弄されるように、忙しく唇をすべらせたり、反対にじっとしたりしている。

もっと感じさせたくなり、下方の肉芽の両側に指を添えて、莢《さや》を剝いた。にょっきりと現れた肉の珠を舌先で上下左右に弾くと、

「くくっ……！」

完全に動きを止めて、扶美子は浅く咥えた姿勢でせわしない息とともに喘ぎをこぼす。

（ああ、感じているんだな）

男の自負心が満たされ、同時に、女の中心を貫きたくなる。

それをこらえて、女の発情装置をリズムをつけて吸う。肉芽が伸びて口に吸い込まれるのがわかる。

ちゅぱと吐き出して、唾液にまみれたおかめの顔をした肉の珠をふたたび舌であやす。また頬張って、今度は強めに吸引すると、

「ぁあぁぁ、くうぅぅぅ……」

扶美子は肉棹を吐き出して、背中をしならせた。

「ぁあぁぁ、もう、ダメっ……ちょうだい。これが欲しい」

カチカチになった肉棹を握りしごいて、扶美子は我慢できないといったふうに尻をくねらせる。

ひさしく見せなかった扶美子の所作に、辰雄は驚き、そして昂奮した。

やはり、智子の訪問が扶美子を昂ぶらせているのだろうと思った。

扶美子が辰雄を前妻から奪ったのが二十八歳。智子も同じ二十八歳。智子を見て、あの頃を思い出したのかもしれない。

「いいよ。入れなさい」

扶美子は立ちあがり、身体の向きを変えて、辰雄の下半身をまたいだ。シルクのナイティを和式トイレでするようにまくりあげ、待ちきれないといったふうにしゃがんだ。

辰雄の分身は痺れて感覚を失いかけていたが、それでも棒状にはなっている。扶美子は右手で肉棹を導き、左手で自らの陰部をひろげた。

そうやって陰唇を巻き込まないようにして、屹立の先を擦りつける。二度、三度と腰を振ってぬめりに押しつけ、それから、慎重に沈み込んでくる。

分身が温かい潤みを押し広げながら包み込まれる感覚に、辰雄は呻いた。途中まで呑み込んだところで、扶美子は一気に腰を落とした。

「う、あっ……」

生臭く呻き、男のシンボルを体内に迎え入れた悦びに身体を震わせる。

それ以上に、辰雄も悦びを噛みしめていた。

扶美子と同衾《どうきん》したのは大晦日だったから、五カ月も前のことになる。しかも、そのときは分身が思うに任せず、未遂に終わっていた。

それゆえに、若い妻と合体できた悦びはひとしおだった。

「ああぁ、いい……あなたのがわかるわ。ここに感じるの」

扶美子は臍の下を手で押さえて、上から辰雄を見た。

ぼんやりした明かりのなかでも、扶美子の瞳がきらきらとしているのがわかって、辰雄も昂揚を覚えた。

「ああ、私も感じるよ、扶美子を。温かくてぐにゅぐにゅして気持ちがいい」

「あなた、扶美子をしっかりと抱いていてね。離してはいやよ」

そう言って、扶美子は前に屈み込んできた。

最近は聞いたことのない妻の切実な訴えに、やはり智子の出現が気にかかり、漠然とした不安に駆られているのだろうと思った。

扶美子は下腹部でつながったまま、辰雄の顔をじっと見た。額にかかった白いものが混ざった髪をかきあげて、ちゅっと額にキスをする。

それから慈しむようなキスをおろして、唇を合わせてくる。

舌をからめていると、扶美子の体内がうねって、肉棹を微妙に刺激する。

それに誘われるように、辰雄は腰をせりあげていた。

「うあぁぁ……」

顔をのけぞらせて、扶美子が喘いだ。

辰雄はあらわになった尻たぶを両手でがっちりとつかんで、下から連続して腰を突きあげる。

硬直が斜め上方に向かって肉路を擦りあげる確かな感触があって、扶美子は今にも泣き出さんばかりに眉を湾曲させて、首から上をのけぞらせる。

「いい、いいの……これ、いいの……」

辰雄は溜め込んでいたエネルギーを一気に爆発させた。

息を詰めて、つづけざまに撥《は》ねあげる。

「あっ、あっ……くうぅぅぅ……」

「気持ちいいか?」

「はい、気持ちいい……うれしい。うれしいわ、あなた」

扶美子がしがみついてきた。

このまま気を遣《や》らせることができればいいのだが、そんな体力はない。

動きを止めると、年甲斐もなくスパートした反動は大きかった。ゼイゼイとした息づかいがちっともおさまらない。

すると、扶美子が自ら上体をあげた。そして、ナイティの裾を腰までまくりあげ、膝を立てた。

両足をひろげ、ゆっくりと腰を上下に振りはじめる。

すさまじく淫らな光景だった。

大きくひろがった内腿の中心部に、猛りたつものがズブッ、ズブッと埋まっていく。

分身がギンとそそりたたないと、できない体位だった。しようとしても長い間叶わない形だった。

(私にもまだこんなことができるんだな)

うれしくなって、硬直が出入りするところを目に焼き付ける。

「ああ、恥ずかしい……そんなに見ないで」

「いや、見たいんだ。お前のあそこに私のものが入っていくところを」

「いやよ、いや……助平なんだから」

口ではそう言いながらも、扶美子は何かに憑《つ》かれたように腰を縦に振った。

徐々に勢いが増して、肉棹が粘液を擦る音とともに、尻が下腹部にあたる乾いた音が聞こえた。

「ああ、この音、いや……」

扶美子が腰振りをやめて、首を左右に振った。

辰雄は腹筋運動の要領で上体を持ちあげる。

なめらかな光沢を放つシルクの柔らかな布地が乳房の曲線に沿って持ちあがり、その頂上に二つの突起がぽつんとせりだしている。

下からすくいあげるようにして、ぽっちりとした頂にしゃぶりついた。

喉を鳴らして、吸い、転がすと、布地が唾液で湿って、乳首の形がくっきりと浮かびあがる。

硬貨大のシミから透け出た乳首は、いやらしい、の一言だった。

「ぁあぁ、気持ちいいわ。あなた、扶美子、気持ちいいの」

心底感じている声をあげ、扶美子はこらえきれないというように腰を前後に打ち振った。

肉棹が熱い滾《たぎ》りに揉みしだかれ、辰雄もぐんと快感が高まる。

つきあいはじめた頃の扶美子との情事を思い出していた。妻の目を盗んで、ホテルや扶美子の部屋でこの若い肢体を貪っていた頃を。

十二年という歳月の流れが、あの頃の背徳感に満ちた狂おしいほどのときめきを奪っていた。

だが、今の自分もまだこうやって若い妻を悦ばせることができるのだ。

ナイティに手をかけて脱がそうとすると、扶美子は自分で裾をまくりあげ、潔く首から抜き取った。

ぶるんとこぼれでた少しの型崩れもない乳房に見とれた。

大きく張りのある乳房は、たわわな房が下側から持ちあげられたような形をして、やや上を向いた乳首が誇らしげにせりだしている。

ふくらみをつかんで、その豊かな感触を確かめるように揉みしだいた。

すると、扶美子は「ああ、気持ちいい」と濡れた声をあげて、腰を揺らめかせる。

4

仰向けになった扶美子の膝をすくいあげて、屹立の先を濡れ溝の下方に押しつけた。そのまま前に体重をかけると、ぬるりと嵌《は》まり込んでいく。

「うっ……!」

顎をせりあげて、扶美子はシーツを持ちあがるほど握りしめた。

辰雄はM字に開いた足を持ち、自分は上体を立てた形でかるく腰をつかう。こうすると、扶美子の表情をじっくりと観察することができる。

ゆるやかに腰をつかうだけで、扶美子は「ぁあぁぁ」と声をあげて、少し尖った顎をせりあげる。強く突くと、豊かな乳房が底のほうから揺れ動いて、扶美子はシーツをぎゅっと握りしめる。

やはり、男はこうでなくてはいけない。

六十三歳にして、三十九歳の若い妻を歓喜に導いている。そのことが、辰雄に自信を持たせる。

あまり激しく動くと、たちまち息が切れる。だから、緩急をつけて突く。速いピッチで突き刺した後は、スローにして息をととのえる。

ゆっくり動かしても、扶美子は気持ち良さそうだ。何も速く強く突くことが、女体を歓喜に導くことにはならない。辰雄はこの歳にして、ようやくそれがわかってきた。

「気持ちいいんだな?」

自分に確信を持ちたくて、聞く。

「ええ、気持ちいいわ。あなたのがなかで動いているの。それがわかるのよ」

「そうか……」

「いつもこうやって愛して。わたしも生身の女なの。だから……」

「ああ、わかっている」

辰雄はすらりとした足を伸ばして、胸前で抱えた。

Ｌ字に折り曲がった女体を、その突き出された尻を押し込むようにして突くと、

「ああん、これも気持ちいい……」

扶美子は首を左右に振って、快感をあらわにする。眉の上で切り揃えられたボブヘアが乱れて額が出ていた。円熟と初々しさが混在したその表情が辰雄をかきたてる。

目のそばで、扶美子の小さな足指が折り曲げられ、そして、反りかえる。

ふいに湧きあがった欲望を抑えきれなくなった。

片方の足を引き寄せて、足の裏をかるく舐めた。

「ひっ……」

ビクンと女体が躍った。

「いや、そんなことしなくていいわ」

「いや、私の気持ちだ」

逃げようとする足をつかんで、土踏まずを舐めた。

「いや、いや、いや……」

足裏がたわんだり、反ったりと忙しく動く。

足の位置を少しさげて、今度は親指を一気に頬張った。

「くうぅぅ……ダメっ、汚いわ」

口のなかで、親指が曲がった。

かまわず、しゃぶった。口のなかで舌をからませると、曲がっていた親指が伸び、やがてしゃぶられるままになった。

「ぁあぁ、いけないわ、いけない……大学の教授がこんなことをしては品格が落ちるもの……ぁダメっ…あうぅぅ」

たしなめながらも、扶美子は顎をせりあげる。するとと、勃起を咥え込んでいる肉路がきゅっ、きゅっとうごめいて、その収縮が辰雄にもわかる。

辰雄は親指の次は、人差し指と中指をまとめて口に含んだ。吐き出して、今度は親指と人差し指を開け、その間のほの白い水掻きの部分に舌を押し込んで、ちろちろと躍らせる。

くすぐったいのだろう、扶美子の肢体がびくびくっと痙攣した。かまわず舐めているうちに、気配が変わった。

「ぁあん、そこ……ぁあぁ、ゾクゾクくるの」

陶酔した声をあげて、扶美子は身をよじる。

同時に、膣肉が収縮して、分身に動きをせかしてくる。

辰雄の分身もそろそろ勃起時間の限界を迎えつつあった。

足を離して、ハの字になった両足を、シーツに突いた両腕で挟み付けるようにして自分は足を後ろに伸ばした。

体をしならせ、ぐいぐいと屹立を打ち込んでいく。

「ぁあああぁ、くうぅぅ……届いてるの。奥にあたってる……くうぅぅぅぅ」

扶美子は顎をせりあげ、シーツに突いた辰雄の腕をぎゅっと握ってずりあがりをふせぐ。

「イクぞ。出すぞ」

「ああ、来て！　あなたのをちょうだい。ぁああうぅぅ、いいっ！」

扶美子の顔がさしせまったものに移っていくのを見おろしながら、大きく打ち込んだ。

すると、深いところのふくれあがった粘膜が亀頭冠のくびれにねっとりとからみつき、そこを擦りあげると、ぐんと射精感が高まった。

「そうら、扶美子！」

息を詰めて、つづけざまに打ち据えた。

「ぁあぁ、くうぅぅぅ……もう、ダメっ……イクわ、イクぅ」

目の下で、扶美子が顔を紅潮させ、ほのかに染まった首すじをいっぱいにのけぞらせている。

「そうら、イケ。そうら」

音が出るほど強く叩き込みながら、辰雄も射精しようとしていた。だが、どういうわけか、一定以上は昂揚しないのだ。

還暦が近づくにつれて、こういうことが多くなった。自分の指では射精するのに、女の体内では最後まで行かないことがある。

(イキたい。女のなかで!)

辰雄は微妙に扶美子の足の開く角度を変え、打ち込み方を変えて、この状況を打ち破る快感を求めた。だが、できなかった。

そうするうちにも、扶美子が逼迫してきたのがわかる。

辰雄は射精することを諦めて、扶美子を絶頂に導くことに専念した。

疲労困憊で休みたくなるのをこらえて、いったんゆるめたストロークを徐々に強くしていく。

それにつれて、扶美子は身悶えをし、辰雄の腕から手を離して、頭の上の枕の縁を握りしめた。

「ぁあぁうぅ……くうぅぅぅ……ちょうだい。イクわ、イク……」

「そうら、イッていいんだ。そうら」

一線を越えさせようと、辰雄は反動をつけた一撃をつづけざまに叩き込んだ。ひと突き、ひと突きが、扶美子の裸身を押しあげる。

「ぁあぁ……イクぅ……やぁあぁぁぁぁぁぁぁぁ……はうっ！」

扶美子はこの世の終わりを迎えたような顔でのけぞりかえった。

辰雄が駄目押しの一撃を叩き込むと、裸身をひと躍りさせ、事切れたように動かなくなった。

心臓が信じられないほどの速さで血液を送り出していくのがわかった。

辰雄は足を離して、覆いかぶさっていく。

ぐったりとして、エクスタシーの残滓《ざんし》にたゆたっている扶美子を、愛情込めて抱きしめた。

射精はしていなかった。だが、心臓がドックン、ドックンと音を立てて、体に酸素の入った血液を送り出しているのがわかる。それとともに、役目を終えた分身が小さくなっていく。

扶美子が目を開けて、辰雄の髪を撫でながら言った。

「出さなかったのね」

「ああ、悪い」

「いいのよ。無理をして、腹上死でもされたら困るもの」

扶美子がきついことを言う。だがこれも、扶美子の愛情表現であることはこれまでのつきあいで理解している。

「あなた、扶美子を離さないでね。しっかりとつかまえていて」

「わかっている」

辰雄はもう一度、妻の裸身を強く抱きしめた。

第二章　教え子との夜

1

その日以来、智子は頻繁に村越家を訪れるようになった。

そんなに家を空けて大丈夫なのだろうか、と危ぶんだが、遅くならないうちに帰っていくので拒むことはできなかった。

夫の不倫に悩み、姑の冷たい態度にも耐えているのだから、この家が彼女にとってのオアシスになっているのだろうと思った。

そんな智子を、妻もかわいがっていた。同じ『万葉集』の研究家でもあるし、また智子の境遇に同情しているのかもしれなかった。

辰雄はというと、ちょっと複雑な心境だった。随分前のこととはいえ、恋人のように寄り添った体験のある相手である。

智子が通ってくるにつれて、辰雄は彼女の訪問を心待ちにしている自分に気づいた。こんな感情になっては、扶美子に申し訳ないと思った。あの夜、扶美子は閨《ねや》の床で、自分を離さないでと言った。そして、二人はひさしぶりに幸せなセックスをした。だから、妙な気持ちは起こさないようにと自制した。しかし、それでも心は少しずつ智子に惹かれていき、次に智子がいつ来るのかが気になってしようがない。

だが、それは男なら誰でもが体験することだろう。若くきれいな女が度々家に来たら、気にならないほうがおかしい。手を出しているわけでもないから、扶美子を裏切っていることにはならない。

辰雄はそう自分に言い聞かせた。

木々の葉が緑を増しつつあるその日、辰雄は次に教授として赴任する私立大学との打ち合わせがあって、都心に出向いた。

その後で、智子と食事をする予定になっていた。

先日、智子が家に来たときにその用件を話したところ、家から私立大学までそう遠くはないし、ぜひ夕食をご一緒したいと誘われて快諾していた。

待ち合わせのイタリアン・レストランに先に着いていた智子を見たとき、ハッとした。

いつものフォーマルな服装とは違って、レースをふんだんに使ったボディラインの浮き出るドレスを着て、肩にシースルーのボレロをはおっていた。

美容院に行ったのだろうか、ゆるやかに波打つ髪が見事なバランスで肩と背中に散り、ほっそりした首にはチョーカーがつけられて、ティアドロップ形の宝石が渋く輝いている。

近くに行くと、フローラルな甘い香水が匂った。これまで、智子は香水の匂いをさせたことはなかった。智子の気持ちを想像したが、途中で考えることをやめた。

席につき、まずはワインを頼んだ。

乾杯をして、一口飲む。血のような色をした赤ワインに満たされたワイングラスを傾ける智子は優美そのものだった。

ほっそりと長い指がワイングラスを持つ光景に見とれた。そして、唇に引かれたルージュもいつもより赤かった。

頼んでおいた本格的イタリアンの料理が来て、智子はボレロを脱いだ。

V字に切れ込んだドレスの胸元に、寄せて集められた乳房のふくらみと谷間がのぞいて、辰雄は見てはいけないものを見た気がして、視線を外した。

だが、どうしても視線は胸の谷間に吸い寄せられる。

智子はどちらかというと清楚な部類に入るだろう。そんな女が、自分が女性であることを主張するようなドレスをつけてきたことに魅入られながらも、なぜというとまどいに似た気持ちがあった。

サラダを小皿に取り分ける智子に、女性らしさを感じて胸のなかで何かがうごめいた。

パスタを要領よくフォークに巻きつけて口に運ぶ姿を見るとはなしに見て、辰雄もパスタを口に入れる。

「今夜は家のほうは大丈夫なの？」

気になっていたことを訊ねると、

「はい……女友だちと食事を摂《と》ることになっていますから。夕食は義母が作るので……彼は義母の料理のほうが好きですから」

ぎこちなく微笑んで、智子は口に付いたパスタのソースをナプキンで上品に拭った。

「じゃあ、大丈夫だな」

辰雄は意識的に明るく言ってメニューを見、新たなワインを頼んだ。

同期のゼミ学生たちの現状を面白おかしく話しているうちに、酔いがまわったのか、智子の胸元がピンクに染まりはじめた。

もともと色白なだけに、大きくV字に開いた胸元が桜の花びらが散るように色づく光景は、辰雄に智子が女であることを強く意識させた。

セクシーなどという言葉は智子とは無縁だと思っていただけに、少しのとまどいとともにその落差のようなものに惹かれている自分を感じた。

この時間が大切なものに思えて、ゆっくりと食事をした。テーブルの上の料理がほぼなくなったとき、智子が何か言いかけて口を噤んだ。

「今、何か言おうとしたね」

「はい……いえ、いいんです」

「よくはないよ。昔からきみにはそういうところがあって、随分と損をしてきただろ。心のうちにあることは口に出したほうがいい」

ためらっていた智子が、おずおずと言った。

「この前、先生はゼミ合宿の夜のことを覚えているとおっしゃいましたね」

「ああ、言った」

「あのときわたし、発表が上手くいかなくて落ち込んでいて……。そんなわたしを、先生は気づかって、肩をやさしく抱いてくださいましたね」

辰雄はどう反応していいのかわからなかった。無言でいると、智子が言った。

「わたし、あの頃から、先生が好きでした……すみません。扶美子さんがいらっしゃるのに、こんなこと打ち明けて……」

「きみは、それでうちに相談に来たのか？」

心にあったことを問い質《ただ》すと、智子はややあって顎を静かに引いた。

心がざわめいた。しばらく体験していなかった感情がうねりあがってくる。だが、それに身を任せることへの危険信号が点滅した。

「きみは酔っているんだ。それにあれから、もう八年も経っている」

「わたしもそう思っていました……でも、先日、あの会で先生にお会いしたとき心が震えました。時間が経っても、好きな人はずっと好きなんです」

智子はきっぱり言って、真っ直ぐに見つめてくる。

潤みがかった瞳に吸い込まれそうになって、辰雄はダメだと自分を叱咤する。

「そう言ってくれるのは、すごくうれしいよ。だけど、きみは今、旦那と上手くいっていないから、そんな気持ちになっているんだ。錯覚だよ」

「いいえ、違います」

「いや、そうだよ。それに、私はきみが思っているほどの男じゃない。合宿のときだって、私は落ち込んでいるきみを見て、隙を感じた。だから、あわよくばきみの身体をと思った。偽善者なんだよ。教授のくせして肉欲の塊みたいな男なんだ」

「どうして、そんなことをおっしゃるんですか？」

「……出よう。酔っているよ」

辰雄は伝票をつかんで席を立った。

正直なところ、告白されたとき心が動いた。だが、自分には扶美子がいる。自分を前妻から奪い、今も自分を愛してくれている女が。

ここで智子に気を許したら、またあのときと同じことを繰り返してしまいそうだった。それだけ智子に惹かれていた。だから、冷たい態度を取るしかなかった。意識的に突き放すようなことをするしかなかった。

レジで清算をしていると、ボレロを片手に持った智子が脇をすり抜け、逃げるようにドアを開けて出ていく後ろ姿が見えた。

2

しばらく、智子からの連絡が途絶えた。

当たり前だ。告白をして、あんなひどい言葉を返されたのだから。

そして、辰雄も心を痛めていた。

あれ以上智子を接近させないよう意識的に突き放すような態度を取った。それが間違っているとは思えない。だが、智子からの連絡がなくなると、心の奥がみしみしと軋んだ。後悔さえしはじめていた。

ひとりでベッドに横たわっていると、なぜか智子の姿が脳裏に浮かんだ。デートの夜、智子は女をあらわにした服装をしていた。自分のためにしてきたのだ。そして、大きく開いた胸元からのぞいていた乳房のふくらみと谷間、ほっそりとした首すじに光っていたチョーカー……。

智子の気持ちを思うと、自分が男であることを強く感じることができた。目を閉じると、優美に張りつめた乳房のふくらみと、青い静脈が透け出ていたきめ細かい肌が目蓋の裏にはっきりと浮かんでくる。

(ダメだ、ダメだ。いくら離婚を考えているとはいえ、まだ智子は人妻じゃないか。そして、私にも扶美子がいる)

自戒するものの、智子のことがどうしても頭から離れない。

(離婚の件はどうなったのだろう？　あんな態度を取ってしまったから、それが離婚問題にも影響を与えているんじゃないか？）

　ひとりの女のことでこれほど気持ちが揺れているのは、自分が暇なせいだと考え、共著で出版予定の古典文学の本の草稿を書きはじめた。

　しばらくして、智子から自分のケータイに電話があったときは心が躍った。先日のデートの前に、何かあったらいけないからとお互いのケータイの電話番号とメールアドレスを交換していた。

　ケータイの向こうで、智子の声は沈んでいた。

「この間はすみませんでした。あんなことを言って……」

「いや……」

　気持ちは弾んでいるのに、それを現すことができないのがもどかしい。

「あの……もう一度だけ、お宅にうかがってよろしいでしょうか？　夫のことで決心がついたので、そのご報告をと思いまして」

「決心というと？」

「それは、うかがったときに」

「そうか、わかった。いつがいい？」

　電話で智子の声を聞いたときから、心から逢いたいと願っていた。

会う日時は早めがいいと言うので、平日だが翌々日にした。

電話を終えて、黒いケータイをパチッと閉じる。

智子が夫のことでどんな決心をしたのか、気になった。だがそれ以上に、また智子に逢える悦びに心が弾むのを抑えられなかった。


当日の昼下がりに、智子はやってきた。裾がひろがった落ち着いたワンピースに薄いカーディガンをはおっていた。

リビングに通して、ソファを勧めると、智子はカーディガンを脱いでソファに腰をおろした。

「今日は扶美子が学校に行っていていないから、あまりかまえないけど」

辰雄はキッチンに立って、ポットに保温していたコーヒーをカップに注ぐ。

「いえ、わたしこそ度々お邪魔してしまって、申し訳ないと思っています」

「いや、そんな恐縮する必要はないよ。あんなこと言って矛盾するようだけど、きみが来てくれると心が弾むよ」

「……そう、ですか？」

「ああ、ウソじゃない」

先日の件でおそらく頑《かたく》なになっているだろう智子の気持ちをほぐしたかった。自分の心のうちを少しでもわかってほしかった。

辰雄はコーヒーカップをふたつ持って、ガラス製のセンターテーブルに置いた。一刻も早く、智子の出した結論を聞きたかった。

肘掛け椅子に座って、智子を見た。

「で、どうなんだ？　決心を聞かせてくれないか」

「……別れることにしました」

智子が呟くように言った。

「……そうか」

別れるという決断を聞いたとき、辰雄は胸のつかえがおりていくのを感じた。離婚が成立すれば智子は独身に戻る。そうすれば……と思いを巡らせて、何を考えているんだと自分を叱りつける。

「自分で決めたんだから、そうしたらいい」

励ましの言葉をかけた。智子はこっくりとうなずき、それから不安気に顔をあげて訴えるように言った。

「自信がなくて……」

「自信がないって？」

「まだ、夫には別れたいっていう意志を伝えていないんです」

智子から別れを切り出すのが容易でないことは、想像できる。離婚するのは初めてなのだから、これから体験するだろう軋轢《あつれき》や手続きの煩雑さが、両肩にずっしりとのしかかっているのだ。心の支えになりたかった。

「私も一応離婚経験者だから、わからないことがあったら相談してくればいい。答えられることは答えるから」

「ありがとうございます。先生に相談してよかった」

そう言う智子の表情がわずかだがほっとしたそれになった。

「せっかくだから、いただきますね」

断って、智子がコーヒーカップの柄をつかんだ。片手を添えて、口に持っていく。

ノースリーブのワンピースだった。

ほっそりとした伸びやかな腕をしているが、二の腕は意外にむっちりとして、あらわになった肩から二の腕につづくラインの美しさに目を奪われた。

ふんわりとひろがったワンピースの裾からは、すべすべの膝小僧とすっきりしているが、見事な紡錘形に張りつめたふくら脛が伸びている。

ぴったりと揃えられて斜めに流された足によからぬ思いをかきたてられて、辰雄は視線を外した。

何か話さなければと思うのだが、何を話したらいいのか？　この前、思わぬ告白をされているだけに距離感が難しい。

沈黙がつづくと、二人の間に妙な緊張感に満ちた空気が流れて、どうしていいのかわからなくなる。

智子も同じことを感じているのだろう。

無理やり話題を作る感じで、次に辰雄が教授に赴任する大学のことを聞いてくる。それに答えると、もう話すことがなくなった。

「あの、そろそろお暇させていただきます」

智子が腰を浮かせた。

「もう少しいたらいい。時間は大丈夫なんだろ？」

「はい……でも。やはり、帰ります」

智子が立ちあがった。

リビングを出て廊下を歩き、玄関の前まで来た。その後をついていきながら、辰雄は、これでいいのか、と自問自答していた。

智子が廊下の端でふいに立ち止まった。

数秒その姿勢で立ち尽くしていたが、いきなり振り返った。

「やっぱり、ダメ。このままじゃあ、わたし、離婚を切り出せません」

つぶらな瞳にうっすらと涙の膜がかかっているのを見て、胸が締めつけられた。

智子の抱えている懊悩の深さがずしんと胸にこたえる。

「踏ん切りをつけたいんです。跳ぶ勇気が欲しいんです。だから、力を貸してください」

智子が真っ直ぐに見つめてくる。カーディガンに包まれた肩が震えていた。

智子の気持ちを受け止めたかった。抱きしめてやりたかった。だが、それはしてはいけないことだ。

黙っていると、智子がぽつりと言った。

「わたしのこと、嫌いですか?」

「そうじゃない。そうじゃないさ……だけど、私は結婚しているんだ」

「わかっています。こんなこと、扶美子さんに申し訳ない。よくしてもらっている扶美子さんを、裏切りたくはないんです。でも、わたしも跳びたいんです。そうしないと、わたし……」

智子はうつむいて、嗚咽をこらえた。肩が大きく揺れているのを見ると、このまま帰すわけにはいかないという気持ちがせりあがってくる。

辰雄は近づいていって、包み込むように智子を抱きしめた。

すると、智子は両手を辰雄の首にまわすようにしてしなだれかかってきた。

「一度だけでいいんです。抱いてください。そうしたらわたし、吹っ切ることができます……先生には迷惑をかけません。つきまとうことはしません。跳びたいんです。その勇気をいただきたいんです。お願いします……」

この前と同じ香水のフローラルな香りが鼻孔からしのび込んでくる。胸のふくらみの弾力と嗚咽《おえつ》するたびに揺れる女体のたわみが、辰雄の理性を奪った。

3

(一度だけだ。これっきりだ……だから、扶美子、許せよ)

辰雄は、智子の手を引いて階段を昇っていく。

智子はうつむきながらも、後をついてくる。二人とも息づかいが乱れていた。足取りも乱れていた。

廊下に出て、自室のドアを開ける間にも、狂おしいほどの罪悪感とこの女を抱きたいという強烈な欲望がせめぎあい、渦となって体中を駆け巡る。

部屋に入ると、開け放たれたカーテンから窓ガラスを通して、初夏の昼下がりの陽光が差し込み、ベッドを照らしていた。

健康的すぎる光が今の二人には相応しくない気がして、辰雄はカーテンをつかんで一気に閉める。途端に部屋が薄暗くなり、ぼんやりした明かりのなかで、智子が立ち尽くしているのが見える。

(とうとうこの女と……)

八年前の合宿のときから、自分はこうなることを心の片隅で待ち望んでいたのかもしれない。長い時間がかかったが、これはなるべくしてなったことだ。

そう自分に言い聞かせて、智子に近づき、後ろからカーディガンを脱がせた。ノースリーブから出た肩の丸みと二の腕のしなやかなラインがほの白く浮かびあがり、辰雄は悄然《しょうぜん》とうつむく智子を後ろから抱きしめた。

ビクッと震えて、智子は前にまわされた辰雄の腕をつかんでくる。しなやかな女体のたわみを感じた。花のような甘い香りが鼻の奥を刺激して男の欲望がせりあがってくる。

驚いたのは、下腹部のものがズボンを突きあげていることだ。

扶美子を相手にするときは丁寧なフェラチオを受けないと元気にならないセガレが、智子を抱きしめただけで若者のようにいきりたっている。

さらさらの黒髪に顔を埋めると、コンディショナーの爽やかな香りとともに、長い間日なたに放っておかれた干し草のような自然の匂いがした。

「これっきりだからな。ほんとうにこれっきりだ」

自分に言い聞かせるように言うと、

「ええ、わかっています。わたしもそのつもりです。このことは、口が裂けても誰にも言いません」

智子の喘ぐような息づかいが、辰雄の欲望をかきたてた。

胸にまわした右手で、胸のふくらみを覆った。感触を確かめるようにおずおずと揉んだ。

「ぁあぁ……くぅぅぅ……」

それだけで、智子はがくん、がくんと大きく震える。

智子がこの瞬間をいかに待ち望んでいたかがわかり、愛しさのようなものがいっそう強く全身を満たす。

ワンピースの薄い生地を通して、ブラジャーに包まれた乳房の弾むような量感が伝わってくる。扶美子よりは控え目だが、ちょうどいい大きさのふくらみだった。

処女のように初々しく呻いた智子の息づかいが、一気に乱れ、

「ぁあぁぁぁ……」

後ろにのけぞるようにして、背中を預けてきた。

（ああ、智子……）

心のなかで名前を呼んで、辰雄は右手をおろしていく。

脇腹から太腿にかけてなぞると、なめらかな生地が肌の上をすべり動く。

太腿からその内側へ手をすべらせ、一気に股間をとらえた。柔らかな生地に手をめりこませ、あわいを下から持ちあげるようにすると、

「うっ……くうぅぅぅ」

鳩が鳴くような声をあげて、智子はのけぞりながら身体をもたせかけてくる。

頭のなかで欲望の塊が爆ぜた。

左手を胸に添えて、ふくらみを揉みしだきながら、おろした右手で太腿の奥をまさぐった。

智子は息を弾ませ、喘ぐような吐息をこぼして、身を任せている。

ズボンを突きあげた分身が、智子の腰を突いているのがわかる。

あわいに押し込んだ二本の指で布地越しに陰部のふくらみを上下になぞった。胸をとらえた手で甘美なふくらみを揉みしだくと、

「あっ……あうぅぅぅ……もう、ダメ」

智子はあえかに喘いで、膝を落としそうになる。

辰雄は智子をベッドに導いて、静かに横たわらせる。

智子はベッドで仰向きになり、足を床に突いていた。辰雄はその傍らに寄り添う形で、首すじにキスをした。さすがに、顔面や唇にはキスはできなかった。ほっそりとして、微塵の皺もない首すじに窄めた唇を押しつけると、智子はかすかに喘いで、身を震わせる。

自分が三回りも年下のかつての教え子を抱こうとしていることが、このときになっても、どこか夢のようで現実感がない。教え子に手を出したのは、扶美子が最初で最後だった。

下腹部の充実感に後押しされるように、胸のふくらみに顔を埋めた。

すでに汗ばんだ肌からは、甘ったるい香水に隠れた女の匂いがした。甘酸っぱい体臭を吸い込みながら、右手をおろしていく。

ワンピースの裾をまくりあげて、太腿の内側に手を這わせた。

パンティストッキングは穿いていなかった。しっとりと湿った女の肌にじかに触れた。手のひらに吸いつくようなむっちりとした肌だった。

ゆるゆるとなぞると、太腿が合わさってきて、手の動きを阻んだ。

「大丈夫だから、任せなさい」

説くように言うと、智子は目をぎゅっと瞑《つむ》って、下半身から力を抜いた。

また、ゆるゆると内腿を撫でた。

すると、少しずつ太腿がひろがっていった。

辰雄は焦るなと自分に言い聞かせ、手のひらを風にそよがせるようにして内腿をなぞった。

「はぁあぁあぁ……ぁあぁあぁ……ぅうぅぅぅぅ」

あふれだした声を恥じるように、智子は手の甲をあてて声を押し殺した。それでも、太腿がぶるぶると小刻みに震えはじめている。

感じているのだ。こんな敏感な身体をしているのに、亭主は何をしているのだろう？

内腿を上になぞり、そのまま下腹部に届かせた。

砂時計形に張りついたパンティの上から、柔肉を包み込むようにすると、ウッと呻いて、智子は下半身をこわばらせる。

窪みに沿って指を走らせるうちにパンティの基底部が湿り、なおもなぞると、ネチッ、ネチッという音がかすかに聞こえた。

(こんなに濡らして……)

智子がいかに自分を求めていたかがわかり、辰雄も男としてそれに応えなければと思った。

足のほうを見ると、まくれあがった裾からハの字にひろがった太腿が伸びて、指の動きに翻弄されるように内によじり込まれ、外側に開く。

女の欲望をあらわにしたその微妙な動きが、辰雄をかきたてる。

辰雄は足のほうに移動して、パンティに手をかけた。

それを封じようとする智子の手を外して、パール色のパンティを一気に引きおろした。足先から抜き取り、ベッドに置いた。

智子は脱がされたパンティが気になるのか、ベッドの下着に目をやる。汚れていたら恥ずかしいと思っているのだろう。

辰雄は、すらりとした足を膝をすくいあげるようにして持ちあげて、自分は床にしゃがんだ。充実した二本の足が跳ねあがり、太腿につづく尻が見えた。

「ああ、いやです」

智子が下腹部を手で隠して、哀願するような目で辰雄を見た。

「汚れているわ」

「大丈夫だ。男はそんなことは気にならないものだよ」

手をどけると、智子は羞恥の部分を見られたくないとでもいうように太腿を内側によじった。

薄暗がりのなかで、ほの白い太腿が合わさるところに淡い繊毛の翳りが走り、その下で女の花びらがひっそりと口を閉じていた。はっきりとはわからないが、こぶりで陰唇も清楚だった。突き出した肉びらは褶曲して、合わさっている。

顔を寄せて、貪りついた。合わせ目を舌でなぞると、

「うっ……！」

ビクッとして、智子はかるくのけぞった。

やさしく、丁寧にという理性とは裏腹に、気持ちは急《せ》いていた。

恥肉をなぞる舌づかいが徐々に激しいものに変わった。それにつれて、陰唇の合わせ目がほどけて、内部の潤みが現れた。

幾層もの襞が合わさった箇所を夢中で舐めた。濡れ溝に沿って舌を走らせ、そ

の勢いで上方の肉芽を撥ねあげると、

「ぁああうぅぅぅ……」

智子は鋭く反応して、首から上をのけぞらせた。

清楚な女の苑からはこんこんと女蜜があふれでて、舐めても舐めても肉の飾りを潤わす。

先ほどから股間のものは痛いほどに張りつめている。このまま、つながりたくなった。だが、まだ早い。そう判断するだけの経験はある。

辰雄は雌芯を離れて、すらりとした足を舐めあげていく。

太腿から膝へと、さらにふくら脛から足首へと。

「ぁあぁぁ、先生、そんなこと……」

智子は顔をあげて、辰雄が自分の足に舌を這わせるところを、申し訳なさそうな顔で見ている。

「私の愛情表現だ。いいから」

そう言って、辰雄は足の甲に舌を走らせ、そのまま足指まで届かせた。

親指を一気に口に含むと、

「ぁああぁ……いけません。先生のような方がそんなことをなさってはいけません」

智子が泣き出しそうな顔で訴えてくる。

かまわず、しゃぶった。ストッキングを穿かずにパンプスにじかに触れていた足は、わずかに汗と革が匂った。だが、それをいやだとは思わなかった。扶美子にも同じことをしていた。女の足を神々しいと感じるようになったのは六十歳を過ぎてからだ。それは女体賛美の表現だったのかもしれない。

口のなかで舌をからみつかせ、吐き出して、足指を開かせ、水搔きの部分に舌を伸ばした。ちろちろと横揺れさせると、

「ぁあぁ……いけません、いけない……ぁうぅぅぅ」

智子は顎をせりあげ、うっとりと眉根をひろげる。

感じているのだということがわかると、辰雄はうれしくなる。

もう一度親指を口に含んだ。口のなかで折り曲げられ、反対に反る親指を丹念にしゃぶった。

まとわりつくワンピースから突き出た足をよじり、開いて、身悶えをする智子が、自分にはなくてはならない大切な存在に思えてきた。

4

ワンピースを剝くように落とし、足踏みするように脱いでいく智子の後ろ姿を、辰雄もズボンをおろしながら眺めていた。

智子はブラジャーを外して、あらわになった胸を手で恥ずかしそうに隠した。これから女の盛りを迎える二十八歳という年齢のせいだろう。以前より肉付きが良くなった気がしたが、腰も適度にくびれて、ちょうどいい具合の身体になっていた。

智子は手で乳房を覆《おお》ったまま、ベッドのなかに裸身をすべり込ませる。

辰雄は、時間が経過してやや勢いをなくした股間を手で隠して、智子の隣に体を入れた。

扶美子が帰宅するまであと五時間はある。急ぐ必要はなかった。

背中を向けた女体に背後から重なるようにすると、智子は身体の向きを変えて辰雄の胸に顔を埋めた。

「幸せです……ずっとこうしたかった」

智子の声を聞きながら、腕をまわして、髪を撫でた。すべすべした髪はほんとうに柔らかくて、頭の形までわかる。

それから、辰雄は体をずらして、背中をさすった。なめらかな背中にはほとんど贅肉はなく、ゆるやかに湾曲したラインを手のひらに感じた。

引き締まったウエストから臀部へとすべらせると、急激に盛りあがった尻のたわみが手のひらのなかで弾んだ。

尻たぶの合わせ目に沿って指をスーッと走らせると、ビクッと震えて、智子は辰雄の腕をつかむ指に力を込める。

「感じるのか?」

「はい……ぞくぞくします」

「敏感だね」

「そうでしょうか?」

「ああ、感度がいい」

智子の身体がどれだけ開発されているかはわからないが、打てば響く女体であることはわかった。

辰雄は智子を仰向かせて、乳房に顔を寄せた。

お椀を伏せてもう少し高くしたような形のいい乳房が、豊かな裾野から盛りあがっていた。目を惹くのは、乳肌がミルクを溶かし込んだように白く張りつめていることだ。ところどころに青い静脈が透け出ている。

「見ないで……」

智子が乳房を手で隠した。

「どうして？　きれいなオッパイじゃないか」

「小さいって言われます」

「そんなことはない。ちょうどいい大きさだ」

おそらく、亭主がそんなことを言うのだろう。愛する女の乳房を揶揄する男の性格を疑いたくなる。

小さな乳首はすでに痛ましいほどに硬く、尖っていた。口に含んで、かるく吸うと、

「あっ……」

智子はしゃっくりでもするように身体を揺らした。

やはり、敏感だ。慈しむように舐めて、唾液でまぶした。上下に舌でなぞり、舌先をつかって左右に撥ねた。

「くうぅぅぅ……はぁあうぅぅぅ」

智子は顎をせりあげて、もたらされる悦びをあらわにする。

みずみずしい感受性に富んでいる。ふと、八年前を思い出した。

扶美子も打てば響く身体をしていた。智子と違うのは、もっと積極的だったことだ。扶美子は自分から辰雄を攻めるように愛撫して上になり、腰を振った。女の容姿も性格も違うが、自分はあのときと同じ過ちを繰り返そうとしているのだ。いや、あれは過ちではなかった。そして、今回も……。

客観的に見たら自分は理性ではなく欲望で動くケダモノ同然の男だ。文学部の教授などという体裁のいい仮面をかぶってはいるが、一皮剝けば、自分の欲望だけで動くそのへんの若者と変わらない。

忸怩《じくじ》たる思いを嚙みしめながら、辰雄はその欲望に忠実に従った。本体を離れ、周囲の乳暈から舌をまわし込む。

触れるかどうかのところで乳首を舐めると、

「ぁあぁぁ、それ、いい……あうぅぅぅ」

智子は心底感じている様子で、顎をせりあげる。

その頃には、ふたたび肉茎が硬くなる気配を見せていた。このチャンスを逃すと、もうエレクトしないかもしれない。

「申し訳ないが、ここを大きくしてくれないか？」

智子の手を導いて、肉茎に持っていった。

智子はいったんそれを放して、上体を起こした。入れ代わりに辰雄が寝ころぶと、智子はサイドにしゃがんで身を屈めた。

横から肉茎の根元を握り、ゆるやかにしごく。人妻にしてはぎこちない握り方だった。

結婚して三年経つのだから、もっと慣れていていいはずだ。夫との性生活は貧しいものなのかもしれない。セックスライフが充実していれば、離婚の話は出ないだろう。

それでも、辰雄の分身は頭をもたげてくる。

やはり、自分は智子を求めているのだと感じた。そうでなければ、こうも簡単に勃起しないはずだ。

力を漲らせたものを見て、智子が指に力を込めた。

きゅっ、きゅっと力強く擦られると、先走りの粘液があふれているのか、ねちっ、ねちっと恥ずかしい音がした。

握りしごきながら、智子は顔を寄せてきた。鈴口ににじんだ透明な玉を舌ですくいとり、代わりに唾液を塗り付ける。

尿道口をちろちろと舐めてから、すぐに唇をかぶせた。

首を打ち振って、亀頭冠を中心に唇を往復させる。

扶美子のねちっこい舌技と較べて、シンプルなやり方だった。それでも、智子はひたすら頬張ってくる。

枝垂れ落ちる髪をかきあげて耳の後ろに束ね、根元を握った指に強弱をつけて刺激を与えながら、一心不乱に首を打ち振って、亀頭冠を唇と口腔粘膜でしごきあげてくる。

その一途な所作を、辰雄は好ましく感じた。

乱れ髪がほつれつく顔をへこませて吸い立てながら、ひたすら肉棹を指と唇でしごく智子。

もう、どうなってもいいと思った。少なくとも、この瞬間は扶美子のことも自分が大学教授であることもすべて忘れさりたかった。

「ありがとう」

言うと、智子は顔をあげて、ほつれた髪をかきあげた。顔を上気させて、一糸まとわぬ姿で次の指示を待つ智子を、心底から貫きたいと感じた。

乳房を隠している智子を仰向けに寝かせて、足の間に腰を割り込ませた。膝をすくいあげると、

「ぁあうぁ……」

智子は手の甲を口にあてて、男の突入を前に不安と期待の入り交じった表情をする。

(お前の心から亭主を追い出してやる。もういいというまで感じさせてやる)

自分を奮い立たせて、辰雄は雄々しくいきりたつものに手を添え、ぬかるみをさぐった。

先端がとば口をうがつのを感じ、手を離して、体重を乗せた。

切っ先が狭いところを切り裂き、ぐぐっと潜り込んでいく確かな感触があった。

「うっ……」

奥歯をくいしばる智子を見ながら、一気に奥までえぐりこむと、

「はうっ……!」

それだけで、昇りつめたように智子は上体をのけぞらせた。

辰雄も唸っていた。適度に温かい内部が辰雄の分身を包み込み、波打つようにうごめいて、ひたひたとからみついてくる。

扶美子のものより窮屈で、緊縮力も強かった。

若い男ならたちまち暴発させてしまうだろう。

辰雄はしばらくじっとして、その感触を味わった。

智子は足をM字に開き、屹立を深いところに招き入れて、手の甲を嚙んでいる。

ほっそりした首すじをさらして、今にも泣き出さんばかりに眉根を寄せている。

無性にキスをしたくなって、唇を寄せた。すると、智子も待ち構えていたように唇を合わせてくる。

下半身でつながった状態での接吻は、辰雄を恍惚とさせた。

角度を変えながら唇を重ね、舌で誘うと、智子もおずおずと舌を差し出してくる。中間地点で舌をからめあうと、辰雄の分身を包み込んでいる肉路が反応して、きゅっ、きゅうと締めつけてくる。

(おおぅ……たまらない)

辰雄は舌を吸い立てながら、ゆるやかに腰をつかった。

すると、智子はくぐもった声を洩らして、湧きあがる愉悦をぶつけるようにしていっそう情熱的に舌をからませてくる。

幸せな時間だった。かつては扶美子との間で味わった享楽の時だった。

(私はこの女から離れられなくなるのではないか)

ふと脳裏に思いがよぎり、ダメだ、この一回だけなのだからと自分を戒める。キスをしたまま徐々に打ち込みのピッチをあげると、智子の唇が小刻みに震えはじめた。舌の動きがやみ、されるがままに舌を預けながらも、小動物が甘えるような鼻声を洩らす。

ついには、自ら唇を離して、くくっとのけぞり、

「ぁあぁぁ、ぁうぅぅぅ……いいの。いいの……」

と、辰雄の肩にしがみついてくる。

辰雄もぴったりと身体を合わせ、腋の下に手を入れて引き寄せながら、下腹部をぐいぐいと押しつけた。

みっちりと嵌まり込んだ肉棹が、膣の天井を擦りあげる。智子は足を大きく開いてそれを受け入れ、はかなげな表情を見せてひしとしがみついてくる。

このままつづければ、二人とも果てるだろう。だが、これが最後の交歓になるのだ。もっともっと智子のすべてを感じたかった。

辰雄は上体を立てて、智子の腰と背中に手をまわし込んだ。

「持ちあげるよ」

自分は座りながら、腕に力を込めて引きあげると、智子の裸身がぐわっと持ちあがってきた。正面からの座位の形である。

途中から自力で起きあがった智子は、目を合わせるのが恥ずかしいのか、肩口に顔を寄せて抱きついてきた。

辰雄はしばらく髪を撫で、腰のあたりを引き寄せて、汗ばんだ女の肌との密着感を味わった。その間にも、梶棒にまとわりつく肉襞は時折痙攣するように、硬直を締めつけてくる。

意識的にやっているわけではないだろうが、智子の体内は男を悦ばせるのに充分な器だった。こんな妻がいながら、他に女を作っている亭主がいることが信じられない。やはり二人のセックスライフは上手くいっていないのだ。

そんなことを考えていると、よほど性感が高まっているのだろう、智子の腰が焦れたように動きはじめた。

辰雄は体を屈めて、乳房にしゃぶりついた。

腰を両手で支えて、乳房の頂に吸いつく。それから、舌を横揺れさせてせりだしている乳首を弾くと、

「あううぅぅ……気持ちいいです」

智子が後ろに上体を反らした。

長い黒髪が後ろに垂れ落ちるほどにのけぞって、「くうぅぅ、くうぅぅ」と鳩のように鳴き、そして、腰を微妙に打ち振る。

繊毛の翳りを擦りつけるようにして、そぼ濡れた恥丘を押しつけ、くいっ、くいっと前後に揺する。

「ぁあぁぁ、いい……ほんとうに気持ちいいの……先生、先生……あうぅぅ」

咽《むせ》び泣くようにして、陰毛を擦りつけてくる。

辰雄も右の次は左と、唾液で濡れる乳首を舌で転がしながら、腰に添えた手で動きを助けた。

「ぁあぁぁ、ぁあぁぁ、恥ずかしい……恥ずかしい」

羞恥に咽びながらも、智子はあさましいほどに腰を打ち振った。

満たされていなかったのだと思った。姑と浮気の問題を抱えているから、おそらく、亭主との夜の営みはしばらくなかったのだろう。

辰雄は仰向けに寝ると、智子の腰をがっちりととらえて、下から突きあげてやる。膝を立てて開いている智子を女たらしめている蜜壺に、硬直をぐいぐいと突き立てる。

「あんっ、あんっ、あんっ……」

突きあげに翻弄されるままに身体を揺らして、智子は満たされていなかった女の欲望を解き放つように華やいだ声をあげる。

その手を下から自分の手で支えて、指を握りしめる。辰雄の手に体重をかけてやや前傾した智子を、これでもかとばかりに突きあげた。

「ぁあぁ……ぁあうぅぅぅ」

腹の上で裸身を弾ませ、智子は喉が見えるほどに大きく口を開け、荒波に揉まれるように肢体をしなやかに揺らす。

「おおぅ、智子!」

名前を呼ぶと、体の奥から形容しがたい思いがぐわっと湧きあがってくる。

「先生、先生!」

「なんだ?」

「気持ちいいの。死んじゃう、智子、死んじゃう」

感極まったように口走って、智子は手を握る指に力を込める。

「もっとだ。もっと、気持ち良くなれ」

渾身の力で撥ねあげると、智子は「うっ」と呻いた。

稲妻に打たれたように身体を一直線に伸ばし、操り人形の糸が切れたようにへなへなっと前に突っ伏してきた。

だが、辰雄はまだ射精していなかった。

（智子のなかに射精したい！）

その一念で、疲労困憊の体に鞭打ち、女体に挑む。ぐったりとした仰向けに寝た智子の膝をすくいあげて、いまだに元気な分身を押し込んだ。

「うっ……」

と呻いてから、智子はびっくりしたような顔でこちらを見た。

すでに六十三歳だからと高をくくっていたのだろう。終わったと思っていたところにいまだ硬い棍棒を打ち込まれて驚いているのだ。

辰雄は上体を立て、智子の足を曲げ、膝をつかんで腹に押しつけるようにしながら、浅いところに抽送を繰り返した。これなら、さほど体力は使わない。

智子は浅瀬を擦りあげられて気持ちがいいのか、

「ぁあぁ、ぁあぁぁぁ……」

と、快楽の大海にたゆたっているような声をあげる。

両腕を曲げて顔の両脇に置き、時々顎を突きあげながら、もたらされる刺激を受け止めている。

「気持ちいいか？」

「はい……蕩けてしまいそう。気持ちいい……」

智子がうっとりとして言う。

（亭主はお前をこれほど気持ち良くさせてはくれないだろう？）

心に浮かんだ言葉を、辰雄はかろうじて呑み込んだ。

膝を開いたり閉じたりすると、分身を包み込む膣の感触が微妙に違ってくる。

膝の角度によって女も受ける感じが違うのよ、と扶美子が言っていた。

（いや、扶美子のことはいい。今日だけは私の頭から出ていってくれ）

妻を頭から追い払った。

すらりとした足を伸ばして胸前で抱えたり、反対にV字に開いたりと、できるかぎりの体位を尽くして、智子を追い込んでいく。

これっきりなのだ。これで終わりなのだ。自分のすべてを出し尽くしたい。

智子も同じ気持ちなのか、もたらされる快美感を少しも逃したくないとでも言うように、応えてくる。

強めに打ち込んでいるとき、ふいに射精感が芽生えた。

（これなら、女体のなかに射精できるかもしれない）

辰雄は自分が最も射精しやすい体位にもっていく。

智子の足をハの字に開かせ、それをベッドに突いた両腕で挟みつけるようにして前傾した。

こうすると、屹立が奥まで届くし、奥のほうの蕩けた粘膜がいっそうまったりとからみついてくるように感じる。

辰雄は足を伸ばして体重を切っ先に集めた。ぐいぐいと上から突き刺していくと、智子の気配が変わった。

「ぁうぅぅ……これ……うぐぐっ」

苦しみに似た表情を浮かべて、眉根を寄せた。

「つらいか？」

「ええ……すごく奥に入ってる」

「我慢できるか？」

「はい……これ、好き。好きです」

辰雄は残っているエネルギーを振り絞った。

自分の膝を外側に開いて、下腹部を密着させ、屹立を思い切りせりだした。硬直がのめり込み、まったりとしたカンテン質が粘りついてくる。

腰を引けば肉襞がそれを追い、押し込めば歓迎するように内側へ引き込もうとする。

渾身の力を込めて、えぐり込むと、

「うぐぐっ……ぁあぁぁぁぅぅぅぅ」

上から見る智子の顔がゆがみ、さしせまった表情が刻み込まれる。

その抜き差しならない女の表情が、辰雄を駆り立てる。

「そうら」

つづけざまに腰を躍らせた。硬直が体内を深々とえぐり、ふくらみきった扁桃腺のようなものが亀頭冠とそのくびれにまとわりついてくる。

射精前に感じる甘さをともなった萌芽がふくらんだ。それを逃したくなかった。智子の足の角度を調節して、最も感じるポイントを見つける。

そのまま、強く打ちおろした。

汗が滴り落ちて、智子の乳房を濡らしている。大粒の汗が次から次と滴り、ピンクに染まった乳肌に小さな水たまりを作る。

智子はそれさえ感じないとでもいうように顔をのけぞらせ、シーツを持ちあがるほど握りしめる。

「ぁあぁぁ、ぁうぅぅぅ……イク。智子、イキそう」

智子がのけぞりながら、声を絞り出した。

「いいんだぞ。イッて。私もイクぞ。いいんだな？」

「はい……欲しい。先生が欲しい」

「おおぅぅ……」

すでに息が切れていた。貧血を起こしそうになるのをこらえて、遮二無二打ち込んだ。

「ぁあぁぁぁ、イク。くるわ、くる……先生、先生！」

「おおぅ、智子！　そうら、イクんだ」

最後の力を振り絞って打ち込むと、

「イクぅ……やぁあぁぁぁぁぁぁぁぁぁぁ、はうっ！」

嬌声を噴きあげ、智子はのけぞりかえった。顔が見えないほど反って、その姿勢で硬直する。

さらなる一撃を浴びせた瞬間、辰雄にも至福の時が訪れた。

迸《ほとばし》るのを感じて、動きを止めた。

熱い溶岩流が噴き出していく心地好さが、全身を満たす。

(ああ、これだった。これを長い間、忘れていた)

女の体内にしぶかせたのは、ほんとうにひさしぶりだった。

男液が噴出し、最後はだらだらと押し出されるように洩れていく感触を、辰雄は目を閉じて味わった。

いつもなら射精したらすぐに離れたくなるのだが、今回は違った。ずっとこのままつながっていたかった。

だが、いつまでもこの体勢でいるわけにもいかない。名残惜しさを感じながら腰を引いて抜き取り、すぐ隣にごろんと横になった。

フイゴのような息がなかなか元に戻らない。心臓がそれとわかるほどに強い鼓動を刻んでいる。

横を見ると、智子はぐったりとして少しも動かない。

女を絶頂に導いた悦びにひたりながらも、辰雄は自分がしてしまったことへの一抹の不安を感じてもいた。

第三章　同じ屋根の下で

1

しばらくして、智子から連絡が入った。

あれから勇気を振り絞って、夫の耕一に離婚したい旨を告げたのだが、耕一は離婚はしないと言い張って、揉めているのだと言う。

夫は他に女を作っているくらいだから、すでに智子に対する愛情は薄くなっているはずだ。その夫が離婚を拒むのが不思議だった。

法務省というお堅いところでは、離婚は出世に響くのかもしれない。また、親戚縁者に対しての体裁もあるだろう。あるいは、妻のほうから離婚を切り出されたのが癪に触ったのか？

智子は心に決めたことがあるから、その相談に乗ってほしいと言う。

先日、これからも相談に応じることは約束していたし、智子を支えてやらなければという気持ちがあった。身体を合わせれば情が移るのは当然だろう。

ほんとうは二人きりで逢いたかった。だが、それをすれば、自分が理性を保つことに自信がない。

智子を抱くのは、一度だけだと誓ったはずだ。だが、二人になれば自分が何をしでかすかわからない。それほど、あのセックスは素晴らしいものだった。自分が男であることを強く感じさせてくれた。何より、女の体内に精液を放出できたことが無上の悦びだった。

数日前、女体の感触が忘れられなくて、扶美子の部屋に忍んでいった。

当然受け入れてくれるものだと思っていたのに、扶美子に「ゴメンなさい。今日は疲れているの」と拒まれたのは、やはりショックだった。

電話の向こうで、智子の声がした。

「できれば、早急に逢ってご相談したいのですが……」

「今度の日曜なら大丈夫なんだが、智子はどうだ？」

と聞くと、智子も大丈夫ですと言うので、日曜日の昼過ぎに家に来てもらうことにした。

（心に決めたこととは何だろう？）

日曜が来るまでの数日間、辰雄はことあるごとにそれを考えた。

娘ほどの年頃の女に自分が振りまわされているのが腹立たしかった。だが、智子のことを考えると、胸が躍ることも確かだった。

そして当日、智子はいつものフォーマルなスーツ姿でやってきた。

扶美子が応対して、智子を辰雄が待っているリビングへと案内してきた。

数週間ぶりに見る智子は、何かを思い詰めたように眉根を寄せ、一点を見つめていた。

（どうしたんだろう？　いつもと違うようだが）

智子の表情をひとつも見逃すまいとしている自分がいる。

コーヒーをキッチンで淹《い》れていた扶美子が、三つのコーヒーカップをテーブルに置いて、自分も智子の隣に腰をおろした。

扶美子には、智子が離婚を決意して動き出していることは、すでに伝えてあった。

「大変ね。離婚って結婚するより、エネルギーが必要なのよ」

などと話しかけて、扶美子は隣の智子を見る。

「そうですね。今、それを実感しています」

智子が答える。

二人とも美人だが、タイプが違う。ボブヘアの髪形をした扶美子は見るからに意志が強そうで溌剌としている。それに対して智子は柔らかく波打つ髪を肩に散らして、いかにも大人しく物静かだ。

そして、二人並んだ姿を見ていると、辰雄は心がくすぐったいような内面をぞろりと撫であげられるような複雑な感情にとらえられる。無理もない、仲良さそうに話しているこの二人と、自分は肉体関係があるのだから。

(私が智子と寝たことを知ったら、扶美子はどういう態度に出るだろう?)

智子は口が裂けても二人の関係は言わないはずだから、扶美子がそれを知ることはまずない。だが、不安は残る。

二人の会話が途絶えたところで、辰雄は自分から聞いていた。

「何か心に決めたようなことを言っていたけど、話してもらえないか?」

すると、智子が辰雄を見てきっぱりと言った。

「ひとまず、別居しようと思っています」

「えっ、別居?」

「はい……」

智子によると、離婚を切り出したものの、夫も義母も世間体のためかそれを認めようとしない。だから、実力行使に出て、しばらく家を出ることにしたのだと言う。

「そう……思い切ったわね。でも、それがいいかもしれないわね」

扶美子が賛同した。

「わたしの実家は両親と兄夫婦と子供が住んでいて、空いている部屋はないんです。だから、あの家から離れたところに、家賃の安いアパートでも借りようかと考えています」

智子があらかじめ考えていただろうことを話した。

「大変ね。いくら安いアパートだって言っても、お金はそれなりにかかるわよ。どこかで働くってことは考えてるの？」

「いえ……それはまだ。でも、いざとなったら、働くつもりです」

智子が自分に言い聞かせるように言った。

辰雄も、アパートを借りての女の独り暮らしは、いろいろと苦労も多いだろうと思った。

そのとき、扶美子が思わぬ提案をした。

「だったら、うちに来れば」

エッと、智子も辰雄も、扶美子の顔をまじまじと見ていた。

「このとおり、うちはだだっぴろいのに、二人きりでしょ。部屋も随分と遊ばせているから、あなたひとりが来ても、まったく問題はないのよ」

「でも……ご夫婦の邪魔をしてしまいますから」

「平気よ、新婚でもあるまいし……ねえ、あなた？」

いきなり同意を求められて、辰雄は一瞬とまどったが、

「あ、ああ。そうだな」

と、曖昧に相槌を打つ。

扶美子は、自分と智子の関係を知らないからこんなことを言うのだ。智子との関係をつゆとも疑っていない。だが、自分は一度だけとはいえ、智子を抱いてしまっている。心の奥がちりちりちりと焦げた。

「ほんと言うとね、あなたが来てくれれば助かるの。わたしもこれから部活の顧問として家を空けることが多くなるのよ。男ならいいけど、わたしは家のこともしなくてはいけないでしょ。だから、智子さんが炊事洗濯とかしてくれると、大助かりなの。お金はもちろん要らないから、そのぶん、家事を手伝ってもらえればいいわ。ゼミ時代に駆り出されて先生のおうちで何かお手伝い——それと同じ

ことと考えたらどうかしら？」

扶美子が身を乗り出して、智子を見た。

これまで扶美子は教師と妻の座を両立させてきたのだから、急に今になって言い出すのはおかしい。おそらくそれを理由にすれば、智子が承諾しやすくなると考えたのだ。

それだけ、智子が後輩としてかわいいのだ。面倒を見てやりたいと思っているのだろう。

「どうかしら？　悪くない考えだと思うけど」

「そうしていただければありがたいです」

智子はちらっと辰雄を見た。それから、

「でも……やはり、ご夫婦にはわたしの存在が邪魔になるんじゃないかと……」

「だから、問題ないって言ってるでしょ。そうよね、あなた」

「……ああ、問題はないよ」

辰雄はそう答えながらも、もしも、智子が家に来ることになったらと思うと、うれしいような怖いような複雑な心境だった。

「少し考えさせていただけませんか？　身に余る提案をしていただいて、ほんとうにうれしいんですが……」

智子が目を伏せた。

「わかったわ。でも、甘えてもらっていいのよ。智子さんはかわいい後輩なんだから。それに、わたしたちを頼って相談を持ちかけてくれているんだから、それに応えてあげたいの」

「はい……ありがとうございます」

そう答える智子の態度がどことなくぎこちない。

智子としても、心苦しいのだろう。自分が抱かれた男の妻が、ひとつ屋根の下に一緒に住もうと誘ってくれているのだから。

別居の話題を終え、しばらく、離婚の際の手続きの話をしてから、智子は帰っていった。

扶美子がコーヒーカップを片づけながら、辰雄を見た。

「いいんでしょ？　智子さんと一緒に住んでも」

「え、ああ……いいんじゃないか」

「なんか、煮え切らない態度ね。いやなの、彼女が来るのが？」

「いや、そんなことはないよ」

「彼女、あのままではあまりにも可哀相だもの。あなただって、若い人がいれば気分も違うでしょうし」

最後は皮肉めいたことを言って、扶美子はシンクでカップを洗いはじめた。

2

二週間後、村越家のダイニング。辰雄の正面にはダイニングテーブルを挟んで扶美子が、その隣には智子が席についている。

「お口に合うか、心配です」

智子が不安そうに二人を見た。

「大丈夫よ。あなたに作ってもらって、すごく助かるわ。いただくわね」

隣の扶美子が料理に手をつけて、箸で口に運んだ。

「美味しい！　あなたも食べてみなさいよ」

辰雄も魚の煮つけを口に入れた。口のなかでひろがる、白身のしっとりとした穏やかな味は確かに上等だった。

「うん、確かに美味しい。さすがだ」

褒めると、智子がはにかんだ。

あれから、電話で智子に同居に関する相談を受けて、辰雄は一応反対した。だが、智子は一緒に住みたいようだった。

「アパートを借りるとなると、やっぱり金銭的に厳しいですし、いつあの人が押しかけてくるともかぎりません。だから、お二人のところに仮住まいさせてもらえれば、その不安も少しは減ります」

と、智子は電話の向こうで意志を伝えた。

一度だけのセックスと決めていたはずだ。だが、同居すれば家に二人だけという機会が多くなる。そうなると辰雄も約束を守れるか不安だ。それをわかっていながら同居の意志を示す智子の気持ちをはかりかねた。

だが智子にとっては住居の問題は切実なものだろうし、ダメだとは言えなかった。

身体を合わせた女二人と同じ屋根の下で住むことは、何かの拍子に智子との関係がばれるのではという不安をともなっていた。その反面、どこか心が躍るものでもあった。

昨日、智子は大きなボストンバッグを二つ抱えて家にやってきた。

扶美子は二階の一室を、智子に貸した。二階には五つ部屋があり、両端の部屋を辰雄と扶美子が自室にしていたから、ちょうどその中間にあたる和室だった。

昨夜、辰雄はなかなか寝つかれなかった。熱帯夜だったことも原因のひとつだが、それ以上に、ひとつ隔てた部屋に智子が寝ているのだと思うと、息苦しさを感じた。

寝坊して階下に降りていくと、すでに扶美子は家を出ていて智子だけがいた。

「おはようございます」

挨拶されて「ああ、おはよう」と返しながらも、辰雄の胸は奇妙な具合にざわついた。

遅い朝食を摂《と》っている間も、智子が家事室で洗濯機をまわしている音がした。今朝、話し合って、扶美子が朝早く家を出るときは、智子が洗濯をすることに決めたのだと言う。

当然、辰雄の下着類も洗っているはずだ。

面映かった。同時に、下着を汚していなかったか心配になった。

妻だと気にならなくなったことが、智子相手だと気になる。扶美子はすでに家族になってしまっているが、智子は他人なのだとあらためて思った。

この日はお互いに一日中ぎこちなかった。

顔を合わせてもぎくしゃくしてしまう。高校で授業をしているはずの扶美子が家にいて、二人のことをひそかに監視しているような気がした。

辰雄は、執筆のために部屋に閉じこもっていたが、夕方になって階下に降りていくと、智子がキッチンに立って夕食を作っていた。扶美子の帰宅が部活の指導で遅れるので、夕食を任されているのだと言った。

リビングで夕方のニュースをテレビで見ながら、辰雄は時々キッチンに目をやる。

自分の家のキッチンに、妻以外の女が立っているのが不思議だった。そして、ノースリーブのブラウスにエプロンをつけ、包丁で野菜を刻む音を立てている智子を目にすると、年甲斐もなく胸がときめいた。

ちょうど料理ができあがった頃になって、

「遅くなりました。あっ、智子さん。すみません」

と、扶美子が帰ってきた。

そして、初めての三人での夕食がはじまった。

実際、智子の作った食事は美味しかった。これほど心のこもった手料理を作ってもらいながら、母親の料理を選ぶ夫の人間性を疑いたくなる。

そんな男とは別れたほうが彼のためにもなる、と辰雄は心のうちで毒づいた。扶美子は、智子をまるで自分の息子の嫁を迎えたようなやさしげな目で見ていた。まさか、夫と肉体関係があるなどつゆとも思っていないのだ。

心が痛んだ。

もう二度と智子を抱かないようにしようと、そのときは心に誓った。

扶美子のかもしだす和やかな雰囲気のせいか、和気藹々とした夕食だった。

(これでいいんだ、これで)

自分が智子に手を出さなければ、智子の離婚が成立するまで穏やかに三人で暮らせる。

夕食を終えて、扶美子と智子が仲良く食器を片づけ、洗うのを見て、辰雄は穏やかな気持ちを取り戻していた。

一週間が経過して、智子もだいぶこの家に馴染んだようだった。

炊事、掃除、洗濯などの家事を任されていることも、今の智子には気持ちが紛れてよかったのかもしれない。

昼食に智子が茹《ゆ》でたソーメンを食べ、しばらくすると智子は、

「少し休みます」

と、二階の自室にあがっていった。

辰雄も休憩を取ってから、二階の自室に行き、執筆にかかる。『万葉集』の成り立ちについての論文である。

途中で資料を探しに、隣室に行った。自分の部屋だけでは狭いので、隣室の洋間にも書籍が置いてある。壁一面に本棚が並べられ、資料となる書籍がびっしりと詰め込まれている。

古い本が多いので、部屋には黴臭いような古書特有の匂いがたちこめていた。求めていた本を探すと、そこだけぽっかりと空間ができている。

(ははん、智子が読んでいるんだな)

智子には、書庫に入って好きな本を自由に持っていっていいと言ってある。智子は『万葉集』が専門だったから、興味を惹かれて読んでいるのだろう。

預けておいてもいいのだが、その資料がないと執筆が進まない。

(仕方がない。一時、返してもらうか)

辰雄は部屋を出て、隣室の前で立ち止まった。

(休みます、と言っていたから昼寝しているのかもしれない)

起こすのは申し訳ないと思いつつ、なかの様子をうかがうために、ドアに顔を寄せて聞き耳を立てた。

すると、なかから「あっ、あうぅぅぅぅ」という喘ぎのようなものが聞こえてきた。

低い声が途切れたかと思うと、今度は「ぁあぁぁぁ」と高く伸びる。

先日、智子を抱いたときに聞いたあの艶かしい喘ぎ声だった。

智子が男を連れ込むなどするはずはないし、できるはずもない。

（ひとりで慰めているのか？）

まさか……だが、そうとしか思えない。

息を凝らして盗み聞きしている間にも、智子の喘ぎはいったん途絶えたかと思うと、また高まる。すすり泣くような哀切な声が智子との至福に満ちたセックスの記憶を呼び覚まし、居ても立ってもいられないほどの情欲がうねりあがってくる。

（ダメだ。こんなことをしてはダメだ）

そう自分を戒めるものの、体が勝手に動いていた。

辰雄は隣室の書庫に戻り、サッシを開けてベランダに出た。

村越家の二階には物干し用に長いベランダがあって、それが各部屋とつながっている。

ベランダには智子が干した洗濯物がかかっていた。ハンカチで目隠しされて吊るしてあるのは女物の下着だ。

白とベージュの二組のブラジャーとパンティは、白が智子のもので、ベージュが扶美子の下着だろうか？

興味を惹かれたが、今はここに拘泥している場合ではない。

外から見られるといけないので、腰を屈め、足音を忍ばせて、隣室まで歩いていく。掃きだし窓式のサッシの内側には、レースのカーテンが引かれていた。

だが、中央の部分が十センチほど開いている。

智子に見つからないように、身を低くして、カーテンの隙間から慎重になかを覗いた。

脳天を稲妻に直撃されたようだった。

和室のほぼ中央に敷かれた布団に、智子は仰向けになり、こちらに向かって足を開いていた。畳に置かれた扇風機が女体に向かって風を送りながら、首をゆっくりと振っている。

朝から身につけていたふわっとしたノースリーブのワンピースの裾が腰までま

くれあがり、丸まった白いパンティが右足の膝の下にまとわりついていた。

そして、智子の右手の指が、繊毛の翳りの底に深々と嵌まり込んでいた。

目を凝らすと、中指と薬指が体内に半分ほど埋まっているのがわかった。その指が激しく抜き差しされ、

「ぁあぁぁ、あ、あっ、あっ……」

サッシを通して、智子の喘ぎがかすかに聞こえた。

滴り落ちる愛液が、せりあがった尻たぶの間を濡らして光っているのを見た瞬間、股間のものに血液が流れ込み、それが甚平を持ちあげる。

(こんなになるのか……)

一瞬にして怒張した我がムスコに驚き、ごく自然に甚平とブリーフの下に手をすべり込ませて、硬くなったものを握りしめていた。

それはびっくりするほどに熱を放射し、脈動していた。

辰雄はもっとよく見ようと、ベランダにしゃがみ込んだ。

視線の位置が低くなって、智子の股間がまともに見えた。

片方の足を伸ばし、もう一方の足の膝を立てていた。そして、智子は何かに憑っかれたように、指を抜き差しする。

「ぁあぁぁ、くうぅぅぅ……」

ノースリーブから突き出た腕を胸に添え、布地の上から乳房を荒々しく揉みしだいている。

湧きあがる愉悦そのままに、胸が上方から何かに引っ張られたように持ちあがる。

昼下がりに自分を慰めている智子を思うと、心が軋みながら昂ぶった。

猛りたつ肉棹を擦りはじめた。そのとき、

「ぁあぁぁ、……さん、欲しい。……さん……」

智子の声がかすかに聞こえた。

(誰の名前を呼んでいるんだ？)

耳をガラスに押しつけると、今度ははっきり聞こえた。

「ぁああ、辰雄さん。辰雄さんが欲しい」

智子がオナニーしながら思い浮かべているのは自分だった。

(そうか、そんなにも私のことを……)

この家に移ってから、智子は辰雄への性的関心をいっさい見せなかった。

だが、今にしてわかる。我慢していたのだ。辰雄に抱かれたいという欲望をじっとこらえていたのだ。

(このまま部屋に入って、智子を抱きたい)

強烈な欲望が衝きあがってくる。それを、辰雄は懸命に抑えた。

一度抱くのと、二度抱くのは違う。ここで、智子と寝てしまったら、取り返しがつかないことになる。

そう自分を律するだけの理性はまだ残っていた。

代わりに、分身をぎゅっと握りしめた。信じられないほどに亀頭の傘を開いた肉の棹を、包皮をそこにぶつけるようにして強くしごいた。

湧きあがる愉悦のなかで、智子の密やかな自慰に目を遣る。立てられていた膝が外側に倒れ、

「ぁあぁぁ……ちょうだい。先生、ちょうだい」

そう口走りながら、智子は胸を揉みしだき、下腹部をせりあげ、あらわになった恥肉に指を叩き込んでいる。

(おおぅ、智子……!)

自分を呼びながら指をつかう智子を見ていると、頭のなかがカッと灼けた。

智子はいったん腰を布団に落として指を抜き、クリトリスらしき箇所を内側に

折り曲げた親指でくりくりとまわし揉みする。

ピーンと伸ばされた二本の足が一直線に伸び、ぷるぷると震えている。足の親指が快楽の上昇そのままに内側に曲がり、外側にしなる。

それから、智子はゆっくりと身体の向きを変え、布団に這った。

尻がこちらに向かって突き出された。

気球のようにふくらんだ尻たぶから、徐々に細くなる太腿にかけての曲線が、豊かな女の魅力を伝えてくる。

智子は膝を開いて、右手の指を口に持っていき、頬張るようにして唾液を付着させた。

それから、愛蜜と唾液でそぼ濡れる指を、腹のほうから潜らせて恥肉へと持っていく。

台形にひろがった太腿と尻の合わさる部分に、中指と薬指が静かに姿を消していくのが見えた。

「うっ……!」

とのけぞり、智子が顔を伏せたので、長い髪が躍った。

二本の指が尻たぶの合わさるところに深々と嵌まり込んでいた。

直角に折り曲げられた指が、手首とともにゆっくりと抜き差しされる。

上方の肉穴を二本の指がうがち、姿を消したり現れたりする。

（なんという、いやらしさだ！）

レースのカーテンを通して差し込んだ昼下がりの陽光が、指の出入りするさまを白日の元にさらしていた。

妖しくぬめ光る蜜が、陽光を浴びてきらきらと光っている。

（たまらん！）

辰雄は淫靡すぎる光景を目に焼き付けながら、猛りたつものを強くしごいた。

射精前に感じるあの甘く逼迫《ひっぱく》した感覚がうねりあがってくる。

「ぁあぁぁ、辰雄さん、もっと、もっと強く！」

右肩を内側に入れて、指を深いところに届かせながら、智子は指を狂ったように激しく膣口に叩き込んでいる。肉色の陰唇がひろがり、赤い内部のぬめりがのぞいていた。

（おおぅ、智子！）

室内に踏み込んで、後ろから犯したかった。

今、指が入っているところに自分の猛りたつものを打ち込んで、思い切り腰をつかいたかった。

「イク、イキます。やっ、やっ……」

さしせまった声をあげる智子の、こちらに向かって突き出された尻がぷるぷると震えはじめた。

（イケ、智子。私も出すぞ！）

心のうちで呟いて、辰雄もしごきながら頂上に向かって駆けあがる。ぐいと深いところに指を差し込んで、智子はのけぞりかえった。

（そうら、出すぞ）

辰雄も息を合わせて、強く擦った。

「うっ……！」

辰雄は低く呻いて、腰をくの字に折った。熱い溶岩流が尿道口から飛び出して、ブリーフに溜まるのがわかった。

一瞬閉じた目を開けると、智子は布団に腹這いになっていた。その姿勢でぐったりして、微塵も動かない。

しばらくその姿を眺めているうちに、辰雄は自分がしたことを急におぞましく感じてその場を離れた。ブリーフにべっとりと付いた粘液が気持ち悪くて、腰を引きながら自室に戻った。

夕方、智子に事情を話して、本を返してもらった。

「すみません。勝手に拝借して」

智子が借りていた『万葉集』に関する本を受け取った。

部屋に戻って本を見ると、押し花のかわいい栞《しおり》が挟んであった。

但馬皇女《たじまのひめみこ》の詠んだ歌と、その解説がしてあるページだった。


秋の田の穂向きの寄れる片寄りに　君に寄りなば言痛《こちた》くありとも

解釈は「秋の田の傾いている稲穂のように、私もあなたに寄り添っていたい。他人がどんなに心に痛いようなことを噂しようとも」である。

作者の但馬皇女はある男性に嫁いだが、かつて自分が愛した男を忘れることができなかった。今で言う不倫、つまり許されぬ恋を歌ったものだ。

（そうか……そういうことか）

智子はこの歌に共感して、栞を挟んだのだ。

結婚しながらもなお違う男に思いを寄せて、その彼に寄り添っていたいという但馬皇女の歌に自分を投影させたのだ。

そして、早急に返却を求められて、栞を外すのを忘れてしまったのだろう。

智子の気持ちが痛いほどに伝わってきて、辰雄は何度もその歌を心のなかで繰り返した。

3

翌日の正午、辰雄は智子がキッチンに立って、昼食を作る姿をリビングで眺めていた。

智子は胸から覆う形の水玉模様のエプロンをつけて、野菜を包丁で刻んでいる。

一晩寝ても、智子への情欲は去っていかなかった。それどころか、思いは募る一方だ。昨夜は智子がオナニーする姿を何度も思い出して、悶々とした一夜を過ごした。

還暦を過ぎた男でも発情することがあるのだ。もう二度と抱くまいと誓ったはずなのに、その決心が完全に揺らいでいる。

(私の名前を呼んでのオナニー、あの『万葉集』の歌……智子は私のことが好き

なのだ）

辰雄は立ちあがり、キッチンへと向かう。冷蔵庫を開けるふりをして、振り返った。

キッチンの前に立ち、サラダを盛りつけている智子の後ろ姿が見えた。

今日もゆとりのあるふわっとした夏用のワンピースを着ていた。本人にはその気はないだろうが、あまりにも無防備で男を挑発する服装だ。

裾から伸びている足の見事な紡錘形を示すふくら脛が、辰雄を誘った。

こらえきれなかった。

近づいていって、背後から抱きしめると、ビクッとして智子は身をすくめた。

「智子……」

名前を呼んで、両側から覆うようにエプロン姿を抱きしめると、

「やめて……」

うつむきながら、智子は腕を振り払おうとする。

その力を封じ込めて、辰雄は右手を下腹部におろしていく。智子が身体をくの字に折り曲げて、言った。

「こんなことしたら、扶美子さんに申し訳ないです……お願い、放して！」

「昨日、あの本を返してもらおうと、二時頃に智子の部屋に行ったんだ……」

言うと、智子の動きがやんだ。

「そうしたら……智子は私の名前を呼びながらひとりで慰めていた」

「うう、盗み聞きなさったんですね。いやっ！」

智子が強い力で、辰雄の腕を振り払った。

逃げようとする智子を、辰雄は背後から力任せに抱きしめた。

「きみの扶美子に対する気持ちもわかっているつもりだ。私だって、同じなんだ……だけど、抑えられない。きみに対する気持ちをこれ以上、誤魔化すことはできない。男と女の間なんて、なるようにしかならない。たとえそれがどんな結果になろうとも、私は後悔しない」

必死に言い募っていた。

「わたしは……わたしは、先生を愛してはいません」

智子が何かを振り切るように言う。

「だけど、レストランで、きみは好きだと告白した」

「あれから、状況が変わりました。先生のことを愛してはいけない。愛さないことに決めたんです」

「それなら、なぜあの歌のページに栞が挟んであったんだ？　あれはきみの私への思いなんじゃないのか」

「あのページというと……？」

「但馬皇女の稲穂の歌だ」

言うと、自分があのページに栞を挟んだことを思い出したのだろう、智子が押し黙った。

「自分に素直になっていいんだ。私が責任を取る」

「……でも、扶美子さんを……扶美子さんを裏切れないわ」

「いいんだ。扶美子のことは忘れろ」

強い欲望がうねりあがってきた。

智子にシンクに手を突かせて、腰を自分のほうに引き寄せた。

ワンピースの裾をエプロンとともにまくりあげると、菫《すみれ》色のパンティに包まれた臀部があらわになった。

「あうぅぅ……いやっ」

「素直になっていいんだ。いや、なってくれ」

エプロンの紐が走る背中を押さえつけて、尻をせりださせる。

こちらに向かって突き出された尻の奥に、右手を差し込んだ。パンティの基底部が張りついた箇所をなぞると、

「あうぅぅ……いやっ……」

と、智子は腰を振って抵抗をする。

それならばと、辰雄はパンティの上端から右手を差し込んだ。尻たぶの切れ目から一気にその奥へと届かせると、

「あっ……」

かすかに喘いで、智子は身を震わせる。

女の苑はすでに潤んでいて、指腹にそぼ濡れたものを感じた。

潤みを縦になぞると、肉の合わせ目が割れて、ぬるっとした内部が指腹にまとわりついてくる。

貝肉質の陰唇の内側を上下に撫でると、

「あっ……うぐっ……あっ……」

抑えきれない声を洩らして、智子はそれを恥じるように唇を噛んだ。

「いいんだ、私が責任を取る。智子は何も考えなくていい」

言い聞かせ、左手をまわし込んで、エプロン越しに胸のふくらみを揉みしだい

た。そうしながら右手で尻たぶの底を撫でると、菫色のパンティが波打ち、

「ぁああうぅ……ぁあぁぁ」

智子は背中をしならせ、腰をよじる。

いったん尻から手を抜いて、パンティを引きおろした。足元まで剝きおろして強引に抜き取る。

尻の前にしゃがんで、双臀の底に顔を埋めると、

「あっ……ダメっ」

尻たぶがきゅんと締まる。

かまわず舐めた。尻たぶを手で押し開き、あらわになった恥肉に舌を走らせる。様々なものが混ざった馥郁《ふくいく》たる匂いが鼻孔からしのび込んできて、男の本能をかきたてる。

垂れ落ちる裾をまくりあげながら、肉の合わせ目に沿って舌を走らせると、尻がじりっ、じりっと横揺れして、

「ぁああぁ、ぁうぅぅ……」

抑えきれない喘ぎが洩れる。

その頃には、股間のものが甚平を痛いほどに突きあげていた。

辰雄は立ちあがって、股間を示して言った。

「頼む、ここをかわいがってくれないか？」

「その前に確かめたいことがあります。先生は、わたしを、このわたしを受け止めてくださいますね？」

智子が真摯な目を向けてくる。

「ああ、受け止めるよ。大丈夫だ」

「ほんとうですね？」

「ああ、ほんとうだ」

「わたしだけを愛してくださいね」

何度も確認をしてから、智子は前にしゃがみ、甚平の結び目を解き、ブリーフとともに押しさげた。

褐赤色の肉棹が精一杯いきりたっていた。てらてらと光る亀頭部を見て、智子は愛しそうに頬擦りしてくる。

それから、猛りたつものの尿道口の割れ目に、ちゅっ、ちゅっとついばむようなキスをする。

フローリングの床には、細長いキッチンマットが敷いてあった。その上に両膝を突き、正座の状態から腰を浮かせた格好で、水玉模様のエプロンをつけた智子がいきりたつものに奉仕をする。

その姿を見ているだけで、心が震えた。

女の舌が亀頭冠の真裏を狙って、ちろちろと躍る。敏感な部分をなめらかな肉片でくすぐられて、充溢感が漲ってくる。

今日の智子はこの前とは違って、フェラチオの仕方が丹念だった。

シンプルな方法しか知らないかと思ったが、そうではなさそうだ。この前は初回だったから、慎んでいたのだろう。

智子は裏筋を根元に向かって舌でなぞりおろし、今度は上に向かって舐めあげてくる。その羽毛で撫でられているような繊細なタッチが気持ち良くて、辰雄は呻きながら天井を仰いだ。

すると、智子はそれがわかったのか、幾度も舌でなぞりあげてくる。ツツーッと舌が走ると、背筋にぞくぞくっとした戦慄が走り抜ける。

皺袋にも舌が届いた。

もじゃもじゃの陰毛が生えた陰嚢を厭うこともせず、皺のひとつひとつを伸ばすかのように丹念に袋に舌を走らせる。

（こんなことまで……！）

本来は慎ましいはずの智子がそれを振り捨て、睾丸まで頬張って自分を悦ばそうとする。その気持ちを思うと、智子への愛情がぐっと込みあげてきて、思わず髪を撫でていた。柔らかくなめらかな髪が手のひらに心地好い。

智子は袋から屹立に舌を移して、裏のほうに舌を這わせる。

「こっちを見なさい」

言うと、智子はおずおずと見あげてくる。

いきりたつ肉棹の下側に舌を添えながら、辰雄を羞恥と困惑の表情で見る。潤んだ瞳が女の欲望をたたえているのを目にすると、この女を自分のものにしたいという強い衝動が突きあがってきた。

次の瞬間、智子は目を伏せて、上から肉棹に唇をかぶせた。

何かに突き動かされるように一気に奥まで頬張った。

辰雄の腰に両手をまわし込み、もっと深く咥えられるとでもいうように引き寄せ、切っ先を喉奥に招き入れた。

ぐふっと噎《む》せ、後ろに飛び退《の》くようにして、硬直を吐き出した。

「ゴメンなさい。上手くできなくて」

と、見あげる瞳が涙ぐんでいる。

「いいよ、無理しなくてもも。智子に咥えてもらっているだけで幸せなんだから」

そう言って、つやつやの髪を撫でた。

えづきがおさまると、智子はまた果敢に咥え込んできた。

今度は慎重に途中まで頬張り、なかで舌をからませてくる。よく動く舌が裏のほうに粘りつく。

それから、顔の角度を変えたので、亀頭部が頬の粘膜を擦るのがわかった。

見おろすと、片側の頬が大きな飴玉でもしゃぶっているようにふくれあがり、そのふくらみがゆっくりと移動する。

智子の美しい顔が自分の分身によって、これほどまでにゆがんでいる。そのことが、辰雄のなかに潜む女への支配欲を満足させた。

智子は顔の角度を変えて、反対側の頬の内側にも亀頭部を擦りつける。

この前は、こんなことはできなかった。

(自分への愛情がここまでさせているのだ)

そう思うとますます智子が愛しくなった。

辰雄は智子の顔を両側から挟み付けて、自分からゆっくりと腰を振った。

猛りたつものが、窄まった唇の狭間をズブズブと犯していく。ふっくらとした唇がゆがみ、その間をおぞましい肉棒が行き来する。

智子が苦しげに眉根を寄せて、辰雄を見あげた。

乱れ髪を張りつかせた何かを訴えるような哀切な表情が、辰雄をいっそう荒々しい気持ちにさせる。

「我慢するんだぞ」

腰を大きく振ると、智子はつらそうに眉根を寄せながらも、唇を窄めて肉棹への緊縮力を強める。すくいだされた唾液が口の端に溜まっている。

ペニスが蕩けていくような甘やかな感覚がやがて、抜き差しならないものに変わった。

もう、こらえきれなかった。

辰雄は硬直を引き抜くと、智子を立たせて、シンクにつかまらせた。

智子は命じられるままにシンクの端を両手でつかみ、腰を後ろに突き出した。

ワンピースの裾とエプロンをまくりあげると、むっちりした尻が現れる。

先ほどより汗をかき、紅潮した尻たぶをつかみ寄せ、猛りたつものをその底に押しあてた。

屹立でなぞると、大量にあふれでた蜜でぬるっ、ぬるっとすべる。

（咥えながら、こんなに感じていたんだな）

とば口を探しあてて、腰を引き寄せながらゆっくりと腰を入れていく。

分身がぷつっと入口を弾く感覚があり、あとはなめらかに嵌まり込んでいった。

「うっ……」

ステンレスのシンクの端を強くつかむ智子。奥まで突き入れると、

「はあぁぁぁぁ……」

背中をしならせて、顔をのけぞらせる。挿入しただけなのに、がくん、がくんと肢体を躍らせている。

緊縮力抜群の膣肉が、硬直を包み込みながら、内へ内へと引き込むような動きを見せる。

（ああ、これだった）

体温より温かい膣のうごめきが、辰雄を性の高みへと導いていく。

後ろからつながったまま、辰雄は智子を押して、キッチンを出た。

「ああ、怖いわ、怖い」

智子は伸ばした両手を廊下の床に突き、四つん這いの格好で押されるままに前

へと進んでいく。

右手と左足をおずおずと前に差し出し、次は左手と右足を出す。扶美子との愛の巣であるこの家で、教え子を後ろから貫いて歩かせている。扶美子が見たら何というだろう？　普段から見慣れているはずの廊下の景色が、これまでとは一変して見える。

「階段を昇るからな」

「ああ、できないわ」

「大丈夫だ。できる」

とは言うものの、扶美子にも前妻にもこんなことはさせたことがなかったので、不安はあった。

階段を前にして、智子が立ち止まった。それを急かして後ろから押していく。

智子は階段に手を突いて、一歩、また一歩と昇っていく。

辰雄は結合が外れないように気をつけながら、後についていった。智子が立ち止まると、後ろからぐいとひと突きする。

「はうぅぅ……」

くぐもった声をあげて、智子は顔を撥ねあげる。

垂れ落ちた裾をまくりあげて、あらわになった尻をかるく平手で叩いた。

「うっ……！」

と呻きながらも、智子は鞭を浴びた牝馬のように、手と足を交互に出す。

ようやく昇りきり、廊下を自室まで歩かせた。

ドアを開けて入っていく。書斎も兼ねる部屋には大きなライティングデスクがあり、パソコンが二台載っている。そして、デスクの上にも床の上にも、資料の本が平積みされていた。

乱雑に置かれた本の山を避けて、智子をベッドまで押していった。

ベッドのエッジにつかまらせて、腰を後ろに引き寄せ、

「よく頑張ったな」

汗ばんだ尻を撫でまわすと、智子がふいに言った。

「先生はほんとうに智子を愛してくださっていますか？」

「もちろんだ。なぜ、そんなことを聞くんだ？」

「……これは、先生の愛情表現だと受け取っていいんですね？」

「ああ、そうだ。こうしていると、智子をすごく愛しく感じる。自分の性欲を満たすためにしているわけじゃない」

「だったらいいんです。先生の好きなようになさってください。わたしは先生に悦んでもらえればうれしいんです」

智子にしてみれば素直に心のうちを吐き出したのだろうが、辰雄にとっては殺し文句だった。

湧きあがる愛情をぶつけるように、後ろから叩き込むと、

「あっ……あっ……あうぅぅぅぅ、いい。響いてきます」

智子は突かれる衝撃で総身を震わせて、歓喜で身をよじる。

辰雄はいったん打ち込みをゆるめ、前に伸ばした腕でエプロン越しに乳房を揉みしだいた。

その手を下におろしていき、接合地点で巻き込まれているクリトリスを引き出すようにして、蜜をなすりつけ、転がす。ゆるやかに腰をつかうと、

「ぁああぁ、ぁああうぅぅぅ……」

抑えきれない声がこぼれでた。

「いいんだな？」

「はい……」

「どうしてほしい？」

「ぁうぅ、言えません」

「いいから、言いなさい」

智子はためらっていたが、やがて、何かを振り切るように言った。

「突いてください。強く突いて。智子にすべてを忘れさせて。扶美子さんのことも、夫のことも全部」

智子の気持ちが痛いほどにわかり、辰雄は力を込めて打ち据えた。

「ぁあぁぁ、ぁあぁぁ……気持ちいい。いいの……先生、辰雄さん、イキます。智子、イキます」

喘ぐようにして言う智子の膝ががくがくと震えて、落ちかけている。

もともと触れなば落ちんという状態にあったのだ。キッチンからの一連の愛撫で、智子の身体は早くも限界を超えようとしているのだろう。

「イッていいんだぞ。そうら」

ワンピースがまとわりつく腰をがっちりとつかんで引き寄せ、辰雄は一気にスパートした。尻肉と下腹部があたる乾いた音が撥ね、智子は身をよじり、顔を上げ下げしながら、高まっていく。

「ぁあぁぁぁ、あうぅぅ……くるわ。くる……先生、イッちゃう」

「いいんだぞ。そうら、イケ」

猛烈に叩き込むと、智子の下半身の震えが大きくなり、

「イキます……イク、うあぁぁぁぁ、はうっ」

智子は背中をしならせて硬直すると、がくがくっとその場に崩れ落ちた。

4

辰雄は裸になって、ベッドに仰向けに寝ていた。

そして、これも全裸になった智子が、辰雄の勢いを失くしたものをよみがえらせようと躍起になっていた。

辰雄はまだ射精していなかった。

それでも、いったん役目を終えた分身は縮こまっていた。それを、智子は横から頬張って大きくしようとしている。

蜜で汚れたみすぼらしい芋虫を懸命に舐め、指でしごく。

それは大きくなりかけるものの、今ひとつ怒張しない。

「悪いな、智子。こちらにお尻を向けて、またがってくれないか？」

「はい……」

素直に答えて、智子は片足をあげて胸をまたぎ、尻を突き出してくる。

部屋にはレースのカーテンがかかっていた。夏の強い陽差しがレースを通過して、智子の裸身に柔らかく降り注いでいる。

白日の下《もと》で見る智子の尻は染みひとつなくすべすべだ。セピア色の小さな窄まりが清楚な佇まいを見せ、双臀の底に息づく女の証は、先ほどの挿入で口をのぞかせ、濃いピンク色の粘膜までもあからさまに露呈していた。

そぼ濡れる花肉に顔を寄せて、舐めた。

「あうぅぅ……あっ、いや、恥ずかしい」

智子がくなくなと腰を揺する。だが、舐めるほどに蜜はあふれ、舌に独特の味覚を感じた。

(ああ、智子もこんないやらしい女性器を持っているんだな)

そう思った途端、下腹部のものがピキッと筋張るのが感じられた。

智子がここぞとばかりに頰張ってきた。

咥えているところを見たくて、智子の腰をあげさせた。すると、尻と太腿が作る台形の窓の向こうで、下垂させた乳房を揺らし、猛りたつ肉の柱に懸命に唇をすべらせている智子の姿が見えた。

先の尖った顎の裏側が見える。そして、顔が上下動するたびに、肉柱が姿を現したり消えたりする。

淫らすぎる光景だった。

八年前、肩を抱いただけで震えていた女子学生が、今は男性器を嬉々として頬張っている。枝垂れ落ちる髪をかきあげて、智子はジュブッジュブッと唾音が聞こえるほど力強く唇をすべらせる。

そんな智子の献身的な所作に報いようと、辰雄は下方で息づく肉芽の包皮を剥き、しゃぶりついた。ちゅっーと吸ってから吐き出す。舌で上下になぞり、左右に撥ねる。また、頬張る。

それを繰り返しているうちに、智子はただ肉棹を咥えるだけになった。そして、くぐもった声を洩らしては、腰を微妙に揺する。

「また欲しくなったね?」

わかっていて聞くと、智子は硬直を吐き出して、

「はい……これが欲しい」

と、素直に答えて、肉棹を手でしごく。

「自分で上になりなさい」

ぽんと尻を叩くと、智子はゆっくりと立ちあがり身体の向きを変えた。下腹部にまたがって、いきりたつものを濡れ溝に押しつけ、おずおずと腰を揺する。

下を向いて位置を確かめ、慎重に沈み込んでくる。屹立が嵌まり込むと、

「うっ……！」

肉棹をつかんでいた手を離して、「ぁあああぁ」と上体をしならせる。

じっとしていると、焦れたように自分から動き出した。

ほどよくくびれた腰から下を最初はおずおずと前後に揺すっていたが、次第に振幅が大きくなり、速度も増してきた。

「ああ、やっ、恥ずかしい……見ないで。見ないで」

羞恥の声をこぼしながらも、腰の動きは活発になっていく。

「いい格好だ。あんなに清純で男を知らないって顔をしていたのに、いつからこんなになった？」

「ぁあああうぅぅ……先生がいけないんだわ、先生だからこんなになるのよ」

腰をつかいながら、智子が言い訳がましく言った。

「結婚した相手がお前をこうさせたんじゃないのか？」

「違います！　絶対に違う。そんなことおっしゃるなら、もうやめます」

智子は本気で怒っているようだった。

「そうか……なら、いいんだ」

まわって後ろを向くように言うと、智子はエッという顔をした。

「このまままわれるから、やってごらん」

おそらく、経験がないのだろう。智子は嵌まり込んだ肉軸を中心に、おずおずと時計まわりで回転していく。

智子のように素晴らしい素材を嫁にしながら、それを活かしきれない男はいったい何をしているのだろう？

智子はまわりきって、背中を向けたところで止まった。

腰をつかうように言うと、前傾して腰を揺すった。

すると、安定した形の尻の底に、肉の棒が姿を消したり、出てくるところが正面に見える。

「あ、これ、恥ずかしい……見えてるでしょ？」

智子が結合部のやや上にあるアナルの窄まりを、手で覆った。

「隠すことはない。智子のお尻の穴はすごくきれいだ。恥じることは少しもない」

言うと、少しは安心したのか、智子は手を外して腰を上下動させる。すると、反対を向いた肉棹が抜けて、こぼれでた。

「ああん、いや」

智子は外れた肉棹を後ろ手につかんで、体内に迎え入れようとする。苦労して受け入れた肉棹に、智子はのしかかるようにして腰をつかう。辰雄は両手を後ろに伸ばさせ、腕をつかんで撥ねあげた。

「うっ……うっ……」

肩甲骨の合わせ目に深い縦皺を刻んで、智子は顔を打ち振る。みどりの黒髪が舞い躍り、ばさっ、ばさっと羽音を立てた。

そのあられもない姿が、辰雄をかきたてた。

上体を起こして、後ろからの座位の形になり、そのまま横に倒れていく。智子の背中と直角に交わる角度で身体を離し、背後から打ち込んだ。

「あっ……あっ……あううううう」

横臥して、身をよじる智子。背中から細腰へとつづくラインと、急激に張り出した尻が、突きあげに呼応してよじれる。

悩ましくも美しい姿を堪能してから、辰雄は上体を起こし、智子を仰向けにさせた。

智子とひとつになりたかった。

前に屈んで、身体を合わせた。なるべく密着部分を多くしようと、智子の肩から腕をまわし込んで、首の後ろを抱き寄せる。

「ああ、先生。智子を愛して。扶美子さんより、愛して」

しがみつきながら、智子が耳の横で言う。

「……わかっている。わかっている。お前が好きだ」

耳元で囁きながら、辰雄は大きく腰をつかった。

容子は足を大きくM字に開いて、屹立を深いところに導き入れ、辰雄の肩に抱きついている。

男と女が一体化するこの瞬間を、長い間忘れていた。

小刻みに腰を振ると、切っ先が膣の天井を擦りあげ、その粒立ったような肉襞が辰雄の快感を上昇させる。

もっと強く打ち込みたくなって、腕を立てた。腰を振りおろすと、額から垂れた大粒の汗が、智子の顔面を濡らす。

だが、智子はそれさえ気にならない様子で、もたらされる悦びを享受することに没頭している。

深いところのカンテン質が亀頭のくびれにまとわりつき、そこを強く叩くと、射精前に感じる甘い心地好さが急速にひろがった。

「智子……出そうだ」

「智子も、智子も、イキます……」

「よおし、そうら」

反動をつけた一撃をつづけて打ち込んだ。

「うっ……うっ……ぁあうぅぅぅ、もっと、もっと……忘れさせて。扶美子さんも夫も忘れさせて」

先ほどの言葉を繰り返し、智子は腕にしがみつきながら、哀願するような表情で辰雄を見た。

「よし、忘れさせてやる。すべて忘れさせてやる」

辰雄も上から智子と視線を合わせ、渾身の力を込めて打ち据えた。

力強く叩きつけると、必死に見開いていた智子の目蓋が快感に負けて降りていく。

「ぁあぁぁ……ぁあぁぁ、気持ちいい……」

心底から感じている様子で首から上をのけぞらせ、愉悦の波の間にたゆたっているような表情を見せる。

魅惑的な顔に誘い込まれるように、辰雄も最後の力を振り絞った。

「智子、智子……イクぞ。出すぞ」

「はい……ください。智子のなかにください……一緒よ。一緒に」

「そうら、一緒にイクぞ」

辰雄は感じるポイントと角度を見つけ、一気呵成《かせい》に腰を叩きつける。

甘く滾る蜜壺が分身にからみついてきて、急激に高まった。

「そうら、イケ」

「ぁあああぁ、ぁあああぁぁ、イク、イク、イキます……今よ、今……やぁあああぁぁあぁあぁあぁあぁあぁあぁあぁあぁあぁあぁ、はうっ！」

腕を握っていた手を放し、頭上の枕を握りしめて、智子はのけぞりかえった。オルガスムの収縮を示す体内にもう一太刀浴びせたところで、辰雄もしぶかせていた。

奥まで屹立を押し込んだまま、辰雄はのけぞった。

智子の膣はなおもまだ痙攣をつづけて、辰雄の分身をうごめきながら締めつけてくる。

精液だけではなく、男の魂までもが抜け出していくような痛切な放出だった。奔流が途絶え、辰雄は分身を抜き取って、隣にごろんと横になった。

乱れた息づかいがなかなかおさまらなかった。心臓がどくどく鳴っている。

しばらくすると、智子が身を寄せてきた。

辰雄の左腕に頭を載せ、半身になってぴたりと身体を寄せてくる。まだ汗の引け切らない、しっとりとした肌が重なってきた。

「あと、五分だけ、こうしていていいですか？」

「ああ、もちろん」

扶美子の帰宅予定時刻までには、まだ時間はある。

幸せな時だった。だが、辰雄は二人が引き返すことのできないところまで来てしまったことも自覚していた。

口を開いたらそのことに触れてしまいそうで、辰雄は無言で、智子の肢体をぐいっと抱き寄せた。

第四章　助手の柔肌

1

辰雄は予定通りに私立S大学文学部の教授に就任した。

大学が変わっても、講義の内容はさほど変わるものではない。そして、新しい学生を相手に慣れた講義をしているとき、辰雄の心は平安を取り戻した。

ふとした折りに、辰雄は何とも言えない心の軋みに襲われる。

あれから、扶美子の留守に何度か智子を抱いてしまっていた。

智子もすでに二十八歳。女としての肉体は花開く準備を整えていたのだろう。回数を重ねるごとにしなやかな肢体は辰雄に馴染み、湧きあがる快楽に身をゆだね、それまで見せたことのない表情を見せた。

そして、辰雄も智子との秘密の情事に溺れていった。

自分は智子が好きなのだ。抱けば抱くほどその気持ちは強くなった。体ばかりではなく、心までも奪われていた。いや、そもそも心と体は切り離して考えられるものではないだろう。

智子に夢中になれば扶美子のことを忘れることができると思っていた。だが、実際は違った。智子に溺れるほどに扶美子への罪悪感も正比例して強くなった。自分は、扶美子が可哀相だと思って迎え入れた智子を、妻のいない間に抱くという背徳行為を犯している。

智子を抱いているときは、他のことを考えずに済んだ。自分はただひたすら、ケダモノになればよかった。だが、それが終わると途端に寒々とした気持ちになった。智子との肉の交わりは、辰雄に男としての自信を取り戻させた。その一方で、気持ちは苦しくなるばかりだった。

講義を終えた辰雄が帰る支度をしていると、ドアが開いて、女の助手が分厚いコピーの束を抱えてやってきた。

「先生、頼まれていた資料です」

「ああ、ありがとう。早かったね。ここに置いて」

指示をすると、助手は抱えていた大量のコピーを机に置いた。

派手なソバージュヘアを肩に散らした大柄な美人は、水口《みずぐち》真希《まき》といって、文学部の助手をしている。

一般的な助手は、准教授になる前の職で助教とも呼ぶ。だが、真希の場合はアシスタント要員としての助手で、三年の契約で雇われている。その後は雇いませんからどうぞ結婚してくださいというシステムである。

真希は辰雄が教授をしていた国立M大学の卒業生で、その後、ここの助手に雇われた。たしか二十五歳のはずだ。

数年前の村越ゼミの教え子なので、まだ赴任して日が浅い辰雄も、真希とは心置きなく接することができた。

辰雄は資料のコピーをざっと見て、

「ありがとう。充分だ」

合格点を与えると、真希は微笑んで辰雄を見た。

「先生は、もうお帰りですか？」

「ああ、そのつもりだ」

「もしよろしかったら、食事をご一緒しませんか？」

「食事か？　真希の場合は飲みたいんだろ？」

「ばれたか」

真希は舌をぺろりと出した。

自分が表に出ることを好むタイプで、ゼミでもゼミ長を任せていた。女だてらにとにかく酒を飲んで騒ぐことが好きだった。酒好きで、なおかつ表裏のない陽気な性格の人間は珍しいのだが、真希はそのひとりだった。

時計を見ると、そろそろ智子が夕飯の準備にかかる時間だった。

最近は、智子と扶美子と三人で食事を摂ることが少し苦痛になっていた。たまには、教え子と酒を飲みたい。真希は酔っても明るいから格好の相手だ。

「ちょっと待ってくれ」

辰雄はケータイを出して、家の電話にかけた。しばらくして、智子が出た。

これから友人と飲むから、夕食は要らない旨を伝えると、

「はい、わかりました。扶美子さんにも伝えておきます」

「ああ、ありがとう」

「……あの、お帰りはいつ頃になりますか？」

女房のようなことを聞くんだなと思いながらも、はっきりとは言えないがそんなに遅くはならないことを告げて、電話を切った。

「大丈夫だ。行こうか」

鞄を持って部屋を出ようとすると、真希が言った。

「奥さんの許可をちゃんと取るんですね」

「えっ？　ああ、まあ」

電話を受けたのが奥さんではなく、同居する不倫相手だと知ったら、真希はどんな顔をするだろう？

「珍しいですよね。男の人ってカッコつけて、普通そういうことを女の人の前ではしないじゃないですか？」

「そうか？」

「そうですよ。愛妻家なんですね」

何気ない言葉で臓腑をえぐられ、辰雄は強くドアを閉めて、鍵をかける。

廊下を歩いていくと、真希はまるで恋人のようにぴたりと身体を寄せてくる。


一時間後、二人は居酒屋の個室で向かい合って飲んでいた。

二畳ほどの和室の真ん中に座卓が置かれ、そこにお造りや豆腐料理などが所狭しと並んでいる。

座卓を挟み、歓談しながら飲み食いをするうちに、真希が酔ってきたのがわかる。目鼻立ちのはっきりした派手な顔をしているが、色は白い。Tシャツからのぞく首すじや胸元が朱を刷いたように染まり、ネコ科の動物を思わせる鋭く妖艶な目がとろんとしてきた。辰雄の倍以上のピッチで飲んでいるから無理もない。もっとも、真希の場合はこのくらいは平気のはずだが。

半袖のTシャツを持ちあげたグレープフルーツほどもある胸のふくらみについつい見とれていると、真希が赤く充血した目を向けて、言った。

「先生、わたし、ほんとうは酔いつぶれたい気分なんです」

「ほう、珍しいな、真希が」

「先生だから言っちゃいます。わたし、振られました、彼に」

一点を見つめた真希が、思い詰めたように言う。

ちょっと意外だった。

真希は男好きのする容姿をしているし、性格も積極的で開けっぴろげで、あわよくばという気持ちを男に起こさせるためか、男にもてる。

これまでも狙った獲物は仕留めてきたはずだ。その彼女が男に振られたというのが解せなかった。

聞きもしないのに、真希はその経緯を話しだした。

彼氏に新しい彼女ができ、その彼女が清純で奥ゆかしく、彼氏は結局その女のほうに走ったのだと言う。

「清純で奥ゆかしいなんて、ウソに決まってるのに。男に取り入るための偽装だって、わからないのかしら？　そのうちに化けの皮が剝がれるわよ。先生だったらおわかりになりますよね？」

同意を求められて、ちょっと困った。

頭に、智子のことが浮かんだからだ。

(智子も男に取り入るために、偽装をしているのだろうか？)

相談事を持ちかけて、悩む姿を見せ、男に同情させる。それがやがて愛情に変わる……。

いや、智子にはそんな意図はないだろう。智子は真剣に悩んでいて、その相談相手として自分を選んでくれたのだ。頼られて、男として悪い気はしない。

「何を考えているんですか？」

「いや……」

「ひょっとして、先生も何か悩み事を抱えていらっしゃるとか？」

真希が身を乗り出すようにして、下からじっと見据えてくる。

「いや、まさか……」

「怪しいな。わたし、こういうことに関してはすごく鋭いんですよ。先生、もしかして女のことで悩んでいません？」

確かに鋭い、と思いつつも、辰雄はシラを切る。智子とのことがばれたら、大変なことになる。

「そんなことより、きみのことだ。その彼とは……」

「教えてくれないなら、ばらしちゃいますよ、学生に。村越教授はバツイチなんだけど、離婚したとき、教え子に誘惑されたんだって。先生を当時の奥さんから奪った助手が、今の奥様だって」

「おい、それは困るよ」

「だったら、教えてください。絶対に人には言いませんから」

こうは言っているが、真希のようなタイプの女は必ず口外するだろう。

「いや、何もないよ。ほんとうだ」

「なんなら、友人の方の話でもいいんですよ。その方が悩んでいらっしゃるんでしょ？」

要するに、友人に託して自分のことを語れというのだろう。

「ほら、今、目が動いた。友人の方の話をしてください。わたしは絶対に言いませんから……そうしないと、離婚の顛末を話しちゃいますよ」

ここまで言われると、さすがに断れなくなった。それに、大まかな話ならわかりはしないだろう。

「友人の話でいいんだな？」

「はい……」

「じつは、私の友人が……」

と、友人が不倫で悩んでいるのだと告げた。彼の不倫相手がじつは奥さんの親友で、いっそう悩みが大きいのだとも。

ふんふんとうなずいて聞いていた真希が、言った。

「それで、その方は不倫相手と別れたいって思っているんですか？」

「さあ、どうだろう。理性と感情は違うからね。そのへんが、人間の撞着が出るところじゃないか？」

「そうですね。だから、文学があるんだわ……でも、現実では結局ははっきりしないといけなくなりますね。男は二人の女性を同時に愛することができるけど、女は違うから。独占欲が強いのよ。女王様なの。わたしひとりを愛してほしいって……。その方も不倫相手と別れるか、彼女を選んで奥さんと別れるのかふたつにひとつだわ……でも、結局は奥さんのほうに戻るんでしょ、男の人は」

「……どうかな」

「ふうん、じゃあ、その方はよほど新しい彼女に入れ込んでいるんですね」

「そういうこともあるかもしれないな」

辰雄は言葉を濁した。

「言っておくけど、あくまでも、私の友人の話だから」

「はいはい、わかっています。大丈夫ですよ、ご友人とやらの悩み事を口外することはしませんから」

真希はすべてわかっているというふうに微笑んで、

「先生、お互い、相手のことをパッと忘れませんか？」

畳を這うようにして近づいてきた。デニムのミニスカートに包まれた尻が揺れ、太腿がかなり際どいところまでのぞいている。目尻の切れあがった目で艶《なま》めかしく辰雄を見あげ、ズボンのベルトに手をかけた。

「おい、ちょっと……」

「ふふっ、逃げてはダメですよ。振られて傷心している女をさらに蹴落とすような真似はなさらないですよね」

巧みに辰雄の反撃を封じて、真希はベルトをゆるめ、ズボンを膝のあたりまでさげた。

「まずいよ。見つかったら」

「平気ですよ。ここは、呼ばないと店員は来ないから」

「いや、だけど……」

辰雄は心配になって周囲を見まわした。

仕切り板で三面を囲まれていて、引き戸式の入口も襖になっているから、外部から覗かれる心配はない。だが、いつ何時、店員や、部屋を間違えた客が入ってこないともかぎらない。

自分の身分や名前を明かしたわけではないから、自分が大学教授であることはわからないはずだ。

（しかし、これはいくら何でもまずいだろう。真希は助手なんだから）

自分を律しようとしている間にも、真希はブリーフに頬を擦りつけてくる。

ブリーフ越しにふぐりから肉茎にかけて何度も頬擦りされ、舌でなぞられるうちに、あろうことか分身が力を漲らせてきた。

（ああ、なんてムスコだ！）

それが大きくなったことを感じたのか、真希はブリーフに手をかけて引きおろした。

ぶるんっと頭を振って飛び出してきた分身が、恥ずかしいほどにいきりたっている。

辰雄は足を伸ばして、上体を立てていた。その股間から、亀頭部をてらつかせた肉の柱が勢いよくそそりたっていて、そのグロテスクな硬直が居酒屋の個室という空間のなかでは、いかにも場違いだ。

以前はこのくらいではエレクトなどしなかった気がする。やはり、智子との肉体関係が辰雄の性機能を回復させたとしか思えない。

真希はにっこりして辰雄を見あげ、唇を肉棹にかぶせた。

「くうぅぅぅ……」

温かい粘膜で包まれる心地好さに、辰雄は唸っていた。

真希は抵抗する暇を与えないとでもいうように、顔を打ち振って肉棹を唇でしごいてくる。

人が入ってくる気配はないか、と周囲に気を配りながらも、辰雄はもたらされる快感に我を忘れそうになる。

陶酔しかけて、いや、ダメだと自制して、周囲の気配をうかがう。

すると、真希は根元を握ってきゅっ、きゅっと擦りあげる。そうしながら、亀頭冠を中心に速いピッチで唇を往復させる。

(ダメだ。こんなところで気持ち良くなっては……)

居酒屋の個室で、ゼミの教え子に男性器を頬張られている。そのことが、いまだに現実だとは思えない。

真希は肉茎を咥えたまま右手を下半身のほうに移して、デニムのミニスカートの裏に手を入れた。黒のパンティが剝きおろされる。

膝までおろして、スカートをまくりあげると、真希はふたたびストロークをはじめた。

顔を打ち振りながら、右手を腹のほうからスカートの奥へと潜らせた。

すぐに、ネチッ、ネチッという音が聞こえてきた。

信じられなかった。真希は男の屹立を頬張りながら、自らを慰めているのだ。

(こんなところを見つかったら終わりだ)

辰雄は思わず周囲を見まわしていた。隣室からは、若い男女たちのうるさいほどの歓声が聞こえてくる。時々、前の廊下を歩く足音がする。

「おい、もうここらでやめたほうがいい」

訴えると、真希は咥えたまま身体を移動させて、こちらに尻を向けた。

斜め前に女の剝き出しの尻と、指が這う恥肉が見えた。

折り曲げられた中指が、蘇芳《すおう》色に縁取られた肉びらを押し広げ、鮭の切り身の色をした内部をさすっているのを見ると、理性が音を立てて崩れかかる。

「先生、指でして。お願い」

真希が唇を勃起に接したまま言った。

「いや、無理だ」

「してくれないなら、先生が奥さまの親友と不倫していること、言っちゃうかもしれませんよ」

「おい、それは困るよ。それに、あれは友人の話だって……」

「わかっています。ねえ、早く。早くしないと、人が来ちゃう」

これは明らかな脅迫だ。だが、そのネタになるようなことを話してしまった自分も悪い。

辰雄は右手を伸ばして、おずおずと尻を撫でまわした。しっとりと汗ばみ、やや紅潮した尻たぶが手のひらにむっちりとした弾力を伝えてくる。

そのとき、真希が陰唇を指で開いた。V字になったほっそりした指が、左右の肉びらをひろげ、ローストビーフの断面のような内部がぬっと現れた。

早く、と誘うように腰が揺れた。

辰雄が赤いエイのようにひろがった中心を指腹でなぞると、尻がもどかしそうに揺れて、突き出されてくる。今度は人差し指と中指をまとめて、上方の窪みに押しあてた。力を込めると、ぬるぬるっと吸い込まれていく。

「くうぅぅぅ……」

くぐもった声を洩らして、真希が動きを止めた。口のストロークを止めて、内部で舌をからみつかせてくる。

内部は指二本でも狭いと感じるほどだった。それでも、あふれだした蜜が潤滑油の代わりになってすべりはいい。

シュブッ、ジュブッといやらしい音がして、とろっとした蜜がすくいだされてくる。

真希は気持ち良さそうに腰を揺らめかせながら、それをぶつけるように顔を打ち振ってしごきたてる。

湧きあがる甘い陶酔に身を任せそうになって、いや、ダメだと言い聞かせる。若いときならきっと快感に身をゆだねていただろう。だが、辰雄も六十三歳。ぎりぎりのところで自制するだけの理性は持っていた。

指を深いところに押し込むと、ぐにぐにしたものが指先にまといついてくる。肥大化した扁桃腺のようなところを指先で押し撥ねると、

「うぐぐっ……」

ふさがれた真希の口から、くぐもった呻きが洩れる。

指を浅瀬に戻し、腹側の肉壁を指で細かく叩くようにすると、真希の身体がこわばった。ただ咥えるだけになり、呻きを洩らしながら、尻をこちらにむかって突き出してくる。

辰雄は指の動きをピストン運動に変えて、つづけざまに膣肉をうがった。

「うぐっ……うぐっ」

真希の放つ声がさしせまったものに変わり、下半身がぶるぶると震えはじめた。チャッ、チャッ、チャッと水音が撥ねるほど連続して指を抜き差しすると、

「うはっ……！」

肉棹を吐き出して、真希が背中を鋭くのけぞらせた。

昇りつめたのだろう。肉路がきゅい、きゅいと指を締めつけてくる。辰雄が指を抜き取ろうとすると、肉襞がそれはいやだとばかりにからみついてくる。指を外すと、二本の指に白濁した愛蜜がべっとりと付着していた。

真希はしばらくぐったりしていたが、やがて上体を立て、パンティを引きあげる。辰雄もブリーフをあげ、ズボンを穿いた。

席に戻った真希は、残っていたビールをぐびっと飲み干して言った。

「先生、出ましょう。わたしの部屋に来てください」

「いや、だけど……」

「大丈夫ですよ。これっきりだから」

真希の視線が、辰雄の股間に落ちた。ズボンはみっともなくテントを張っている。

「行きましょ。つきあってくれないと、さっきの話、みんなにしちゃいますからね」

「わかったから、それだけはよしてくれ」

「早く、出ましょう」

せかされて、辰雄は伝票をつかんで立ちあがった。

2

真希の住むマンションは広めのワンルームで、想像していたよりきちんと整理整頓されていた。

女性の部屋を訪れたのなど、いつ以来だろう？　男の部屋とも扶美子の部屋とも違う、若い女の香りがする。

ドギマギしながら内装を眺めているうちに、真希はTシャツをまくりあげて首から一気に抜き取った。

ぶるんとまろびでた黒のブラジャーに包まれた乳房に目を見張った。まるでコダマ西瓜をふたつつけたようだ。

「先生も脱いで」

「いや、しかし……」

「ここまで来てそれはないですよ。先生、男らしくない」

だったらやってやろうじゃないかという気持ちになり、ワイシャツに手をかける。

その間に、真希はスカートをおろした。

凹凸の激しい豊かな肢体に、黒のブラジャーとパンティが張りついている。横から見てもその大きさがわかる乳房の出っ張りと、ハイレグ式に腰骨まで引きあげられたパンティに視線が引き寄せられる。

ワイシャツを脱いだ辰雄が、ズボンをおろそうとしていると、焦れたように真希がやってきた。

「わたし、男の人の服を脱がすのが好きなんです。脱がせてあげますね」

両膝を突き、バックルに手をかけてベルトをゆるめ、ズボンをおろしていく。ブリーフの盛りあがった部分にちゅっ、ちゅっとキスをする。

それから、舌をブリーフ越しにふくらみに這わせながら、辰雄を見あげてくる。ソバージュヘアをまとめながら見あげる二十五歳の助手の仕種や蠱惑《こわく》的な表情に、辰雄は身震いするほどの色気を感じた。

それから真希はブリーフに手をかけて引きおろし、足先から抜き取った。

靴下を残して裸になった辰雄の前にしゃがみ、まだ柔らかい肉茎の根元をつかんでぶんぶん振った。肉茎がしなりながらどこかにあたり、その刺激を受けて急速に硬くなるのがわかる。

「ふふっ、大きくなった」

肉の棹と化した分身を握りしごきながら、真希は見あげてくる。それから一気に頬張り、ストロークを繰り返してギンとさせると、

「自分でしごきながら、待っていてくださいね」

立ちあがり、ブラジャーを外したので大きく丸々とした乳房が転げ出た。チェストのなかから小さな容器を取り出して、辰雄の前にしゃがんだ。

何をするのかと見ているると、容器から透明な溶液を絞り出し、そのとろっとしたものを乳房に塗り付ける。

途端に乳房が妖しくぬめ光ってくる。

(何だ……ローションか?)

まだ若い頃にソープに行ったときに、同じものを使われた記憶がある。

真希は手のひらに注いだローションを、辰雄の肉棹にも塗り伸ばした。ひやっとしているが、ぬるぬるして気持ちがいい。

思わず聞いていた。

「きみは……こんなものをいつも使っているのか?」

「以前からパイズリはしていたのね。せっかくの武器を使わないと損でしょ? そうしたら彼がどうせするなら、ローションを使ったほうが気持ちいいって言う

から……使うのと使わないのとでは全然違うって」

　上を向いて答えながら、真希は肉棹をちゅるちゅると両手でしごく。

（男の悦ぶことをしてあげたいという気持ちはうれしいが、こんなことまでしなくても）

　彼氏に振られたのも、この過剰とも言えるサービス精神が仇になったのではないかと思った。

　だが、そんな気持ちとは裏腹に、亀頭冠を中心としてなめらかに擦られるうちに、えも言われぬ心地好さで分身がますますギンとしてくる。

「気持ちいいですか？」

　ちゅるちゅるとしごきながら、真希が見あげてきた。

「ああ……気持ちいいよ、とても」

　答えると、真希はにんまりとして、乳房を押しつけてきた。

　いきりたつ肉柱をぬめ光る乳房の谷間に導き、両側から巨乳で包み込むようにした。それから、下から揉みあげるようにするので、柔らかい弾力に満ちた乳房が肉茎をすべりながら圧迫してくる。

　際立って気持ちがいいというわけではないが、母の象徴である乳房で男性器をかわいがってもらっているという精神的な悦びが大きかった。

油を塗り込めたような妖しい光沢を放つ豊乳の谷間から、一つ目小僧が茜色の頭部を剝きだしにして、かろうじて頭をのぞかせている。

乳房の大海に溺れかけている男のシンボルが、ちょっと滑稽でもある。

真希は両膝立ちで胸を押しつける格好で、乳房を上下に揺すった。

すると、分身が弾力に満ちた肉塊によってにゅるっ、にゅるっと揉み抜かれ、うずうずしたものが溜まってくる。

真希のほうも感じているのか、華やいだ喘ぎをこぼす。

「ぁあぁぁ、気持ちいい……わたし、先生のおちんちんをオッパイで……信じられないわ。でも、気持ちいい」

やがて、乳房を離して、指だけでしごいてくる。右手で肉棹を握って激しく動かしながら、左手を皺袋の裏側へしのばせた。

陰茎に付着したローションが、恥毛や会陰部まで滴っている。

睾丸の付け根から肛門につづく裏の細道をぬるっ、ぬるっと擦られると、そのなめらかで刺激的な快感に裏筋がピキッと筋張った。

「先生、お若いわ。やっぱり、これも不倫してるからだよね」

真希が見あげて言う。

「違うって……それは友人のことだ」

「あっ、そうでしたね」

あっさり答えて、真希は裏筋にちろちろと舌を走らせる。縫い目の発着点を集中的に舐めながら、茎胴を指でしごいている。

それから頬張り、亀頭冠に唇をまとわりつかせながら速いピッチで唇をすべらせる。同時に、根元をローションまみれの手でにゅるにゅると擦られると、足踏みしたくなるような快感が撥ねあがって、腰砕けになる。

「うおおぉぉ、真希ちゃん、もうダメだ」

思わず訴えていた。

すると、真希は顔をあげて、辰雄を絨毯の上に押し倒した。

黒のパンティに手をかけて足先から抜き取ると、仰向いている辰雄をまたぐようにして立った。お尻を向ける形でしゃがみ込んでくる。

目の前に、大きな尻とその狭間で息づく女の肉貝がせまってきた。

「先生、舐めて」

真希は誘うように尻を振る。

丸々とした双臀の奥に、ぽってりとした花芯が赤い口をのぞかせてぬらぬらと光っていた。蘇芳色の縁取りのある肉厚の肉びらがひろがり、鮭紅色の内部が蜜であふれかえっている。

辰雄が舌を伸ばすと、ウッと呻いて、真希はもっとでも言うように尻を押しつけてくる。

「うぐっ……」

鼻先に体重をかけられ、呻きながらも、手で尻を支えて舌を走らせた。強い酸味のある独特の味覚が舌の上で跳ねる。

「ぁあぁ、いい……先生、いいわ」

気持ち良さそうに喘ぎながら、真希は手を伸ばして肉棹を握り、強くしごきたててくる。

尻の圧力を受けて動きがままならない状態で、辰雄は狭間やクリトリスに舌を走らせた。

「ぁあぁ、いい……先生、上手い……ああん、我慢できない」

真希は腰を浮かせると、辰雄の手をつかんで引き起こした。

3

「先生、来て」

手を引かれるままにサッシを開けると、そこは小さなベランダだった。

部屋は道路とは反対側に面しているので、目の前には緑の多い公園がひろがっている。

八階であり、部屋の灯は消してあるから、よほどでないと目撃されることはないだろう。それでも、もし見られたらと思うと身がすくむ。

通報でもされて身分を明かすことになり、大学教授であることが知れたら、社会的立場さえ失いかねない。

「おい、まずいよ」

「平気ですよ。先生、こっち」

辰雄がベランダを背にして立つと、前に真希がしゃがんだ。

怯えて小さくなっているものの根元に指を添えて、激しく振るので、分身は意志とは裏腹に力を漲らせてしまう。

すぐにしゃぶりついてきた。

粘っこい蜜にまみれたそれを舌ですくいとり、代わりに唾液をまぶす。頬張られ、ストロークされると、それはたちまちいきりたつ。

「ふふっ、大きくなった」

見あげて言って、真希は硬直をしごきながら立ちあがった。

ベランダの上端に手をかけて、尻を後ろに突き出してくる。狭いベランダだが、辰雄がその背後に立つくらいの余裕はある。

「先生、入れて」

真希は尻を誘うように揺らめかせる。

いくら何でもベランダでのセックスはまずいだろう。たかが二十五歳の助手に完全にペースを握られている。なのに、若い女に手玉に取られていることに、ひそかな悦びを感じている自分がいる。

「早く。人に見つかっちゃう」

真希が腰をもどかしそうに振った。挿入してもらうまでは梃子《てこ》でも動かない様子だ。

こんなことをしてはいけない。頭ではわかっているのだが、体が勝手に動いていた。猛りたつものをつかんで、尻たぶの底に押し当てると、真希が背中をしならせて、ぐっと尻を突き出してきた。

硬直がぬるっと嵌まり込んでいく。

「うっ……」

ベランダをつかんでいる真希の指に力がこもる。

晩夏とはいえ、夜の屋外の空気はしんと冷えている。女の体内だけが熱く滾っていた。

「ああ、気持ちいい。たまらない……先生、突いて。イキたいの。ここでイキたいの」

真希が焦れたように腰を前後に振って、抽送をせがんでくる。

慣れている感じがした。おそらく、何人かの男とこのベランダでセックスしているのだろう。

辰雄もそのなかのひとりということだ。

彼氏に振られて、身体の欲求が満たされず、そのつなぎに辰雄に白羽の矢が立ったということだろう。だが、それはそれでいい。

愛情に基づいたセックスがすべてではない。セックスのためのセックスもあっていい。

辰雄は腰を引き寄せて、腰をつかった。最初はゆっくりと徐々に激しく打ち込んでいく。

「うっ……うっ……くうぅぅぅぅ」

真希も声を出してはいけないという気持ちがあるのか、洩れそうになる声を必死に押し殺している。

辰雄は腕をまわし込んで、下を向いている乳房をつかんだ。表面の冷えた巨乳が、ぶるるんと手のひらのなかで躍る。

ローションの乾きかけた乳肌を揉みしだきながら、顔をあげた。

眼下に公園の緑がひろがり、その向こうに民家が並んでいる。ところどころに高いビルが建ち、白と赤の灯が夜空を背景に煌めいていた。

月は出ていないが、夏の星座が幾何学模様を描いている。

時刻はまだ午後十一時。起きている人と眠りに就いている人が半々というところだろうか。時々、車が走る音がする。

人々の住居を見おろしながら女とつながっているのは、後ろめたさはあるもののどこか爽快な気分だった。

「ぁあうぅぅ、先生、気持ちいい……イカせて。彼を忘れさせて」

真希がさしせまった声をあげる。

辰雄も追い込まれていた。体力も尽きかけている。

スパートすると、肉がぶつかる音が爆ぜて、夜の屋外の空気に吸い込まれていく。

腰を引き寄せて打ち込むと、巨乳がぶるんぶるんと波打った。

「くうぅぅぅ……いい。最高。先生、気持ちいい」

「私もだ。私も気持ちいい」

「うっ……うっ……ぁああ、くるわ。くる……先生、今よ」

「そうら」

渾身の力を込めて打ち据えると、皺袋が揺れてどこかにあたった。

急速に射精感が込みあげてきて、深いところにつづけざまに打ち込むと、

「ぁあああぁぁぁぁ、イク、うぐっ……！」

声を押し殺して、真希がのけぞりかえった。

弓なりにしなった背中を見て、辰雄も駄目押しの一撃を押し込んだ。

腰をつかみながら、さらに突き入れると、精液の塊がつぶてのように体内に噴出していくのがわかる。

打ち尽くして顔をあげると、夜空に煌めく星がいっそう鮮やかに見えた。

第五章　妻と男

1

一週間後、大学の講義を終えた辰雄はひさしぶりにK町の古本屋街に出かけていって、目ぼしい古書を漁った。

インターネットが発達した現在、欲しい本は検索して頼めば向こうから送ってくる。だが、なかにはインターネットに載らない貴重な古書がある。また、背表紙を眺めていて、これだとひらめく本もある。

それもあって、辰雄は時々古本屋街を見てまわる。

この日も、三冊ほど学究欲をそそられる本があって、即座に購入した。

まだ時間が早かったので、T駅で電車を降りた。ここにも、小さいが古本屋街がある。

一軒目の古本屋に入って目ぼしいものを探したがこれというものはなかった。

次の古本屋に移ろうと店を出たとき、道路の向こう側の歩道を扶美子が歩いているのが見えた。

スーツを着た扶美子が、脇目もふらずに歩道を歩いている。

高校の授業は終わっている時間だ。放課後は部活の顧問をしているはずだが、今日は部活動がないのかもしれない。しかし、こんなところで何をしているのだろう？

声をかけようとしたとき、その少し後ろを歩いていた若い男が小走りに扶美子に近づいていくのが見えた。

二十代後半だろうか、くたびれたスーツを着た長身の男だ。その男が扶美子と何かを話している。その様子に親しい間柄しか出せない空気を感じた。

男がまた離れた。扶美子の後を男は等間隔でついていく。

実際は親しいのだが、他人に見られてはいけないので距離を取っている。そんな雰囲気を感じた。

(何だ……何が起こっているんだ？)

いやな予感を心に抱いたまま、辰雄の足は二人を追っていた。

幹線道路を行き交う車の群れに見え隠れしながら、扶美子は前を向いて早足で歩いていく。

それから、右折して路地に入っていった。男も等間隔を保ったまま、右折して姿を消した。

二人がどうするのかを見届けたかった。

だが、向こうに渡るためには横断歩道を使うしかない。

少し行ったところに横断歩道があった。地団駄を踏みながら青信号に変わるのを待って、小走りに道路を渡った。

二人が消えた路地に入っていったのだが、二人の姿はない。

おかしいなと思ってしばらく歩くと、ラブホテルがあった。幹線道路から離れたところにある古色蒼然とした、「連れ込み」と呼ぶに相応しい小さなラブホテルだ。

（もしかして……いや、まさか）

ひとつの思いを頭に浮かべながら、辰雄は路地の先にあるT字路まで急いだ。

だが、どちらの道にも二人の姿はなかった。

やはり、どこかに二人で入ったのだ。他に寄るような店はないから、二人はあのラブホテルに入ったと考えるのが自然だ。

（いや、あり得ない。扶美子が、私を前妻から奪ったあの扶美子があんな若い男と……あり得ない）

だが、だとしたら二人はどこに消えたのだろう？

辰雄はしばらくラブホテルの前でうろうろしていた。

道を歩いてきた中年女性が、辰雄をいやな目で見て通り過ぎる。

（私は何をしているんだ？）

急に自分のしていることがおぞましくなって、辰雄は今来た道を戻った。

近くにカフェでもあれば、そこで時間を潰し、一時間か二時間後にホテルを見張っていれば……。

だが、できなかった。ホテルを出てくる二人を目撃してしまうのが怖かったのだ。

事実を見極めたくなかった。現実を曖昧にしておきたかったのかもしれない。

（たぶん、私の思い過ごしだ。だいたい扶美子がこんなところのラブホテルにしけこむわけがないじゃないか。扶美子は高校の教師なんだぞ）

そう自分に言い聞かせて、さっきの横断歩道を渡った。

だが、さすがに古本屋をまわる気にはなれずに、辰雄は駅に向かって歩いていく。

その夜、辰雄は智子の作った夕食を二人で摂っていた。

料理を口に運んでいても、どうしても扶美子のことが気になる。

「扶美子さん、遅いですね」

智子が箸を止めて、ぼそっと言った。

「あ、ああ。でも、少し遅くなるって連絡があったんだろ?」

「ええ。部活動の付き添いで遅くなるから、先に食事を摂るように電話がありました」

「だったら、心配することはないさ」

言いながらも、辰雄の胸は不安感で押し潰されかけていた。

部活動で遅くなるなどと、扶美子は明らかに嘘をついている。そして、これだけ遅くなるということは、やはり……。

今、辰雄の気持ちは智子に向かっている。扶美子への愛情は薄くなっているはずだった。だがそれでも、扶美子が他の男と連れ添っていたことを知ると、急に扶美子のことが気になり、心のなかで比重を増す。不安に駆られている辰雄の胸中を察しているのか、智子はいつにも増して寡黙だった。智子は二人きりのときも、心を許してはしゃぐことはしない。

もっとも、智子の表情が冴えないのは、離婚話が進んでいないという理由も大きいのだろう。別居してから時々夫からケータイに電話が入るようだが、

「戻ってこい。こっちは離婚する気はない。どこにいるか知らないが、いつまで経ってもこちらの気持ちは変わらない。離婚届に判を押すことはない」

という同じ言葉が繰り返されるだけらしい。

半袖のサマーセーターを持ちあげる智子の胸のふくらみを、今夜はなぜか一段と悩ましく感じる。

食事が終わりかけたところで、ようやく扶美子が帰ってきた。

「遅くなりました」

スーツの上着を脱いで、ブラウス姿で自分の所定の位置に腰をおろす。

「部活動のわりには、やけに遅かったな」

思わず、厭味を言っていた。

「ゴメンなさい。ちょっと問題があって、部員たちと話し合っていたから。でも、もう大丈夫……智子さん、ゴメンなさいね」

「いえ、いいんですよ。お仕事なんですから」

席を立っていた智子が、扶美子の分の料理を運んできて、テーブルに載せた。

「わあ、美味しそう。おなか、空いたわ。早速いただくわね」

扶美子を手を合わせて、料理に箸をつける。

部活動で話し合いをしていて遅くなっただと……。

扶美子がホテルで彼に抱かれてきたかどうかはまだわからない。だが、扶美子は自分に嘘をついているのだ。

扶美子を見る目が変わった気がした。

食事を摂りながら観察をした。扶美子は普段とは違ってあまり辰雄と目を合わせようとしない。そのことで安心もした。少なくとも、自分が嘘をついていることに罪悪感があるということだ。これで、普段と変わらない態度を取られたら、扶美子が完全に信じられなくなる。

食事を終えて、リビングで休んでから部屋にあがった。

今日目撃したことを、扶美子に問い質そうかどうか迷っていた。街で見た二人の姿が脳裏から去らなくて、共著の執筆をしようとするものの仕事にならなかった。

午後十一時頃、コーヒーを淹れようとして階下に降りた。

リビングのCDケースの横の赤いケータイが目に入った。扶美子のものだ。この時間、扶美子は風呂に入っていることが多い。

赤いケータイがどうしても気になった。

これまで、他人のケータイを盗み見たことは一度もない。自分がされていやなことをするのは主義に反した。だが、今回は違った。

二つ折りのケータイをつかんで、パチッと開けた。

ロックされていた。最初に生年月日を入れたがダメだった。次に、扶美子が銀行口座に使っている暗証番号を入力すると、ロックが解除された。

扶美子が途中で戻ってくると困る。廊下のほうに気を配りながら、メールの受信ボックスを開けた。

「中田《なかた》」からのメールがずらっと並んでいた。

一番上のメールを開くと、中田の送った文面が目に飛び込んできた。

「扶美子さん、素晴らしい時をありがとう」で始まるメールを読んでいくうちに、血の気が失せた。ホテルの情事を終えてから、中田が送ったものだろう。

扶美子への賛美が、読んでいるほうが恥ずかしくなるほどの言葉で綴られていた。

ベッドでの扶美子は学校でのあなたからは想像できない。その淫らで美しいあなたを、僕は愛している……。

同じ国語教師の先輩として、扶美子さんを尊敬している、とも書いてある。臆面もなく綴られた「恋文」に、ケータイを握る指が震えた。

あの男は同じ高校の後輩教師らしい。そして、扶美子は中田とできている。やはり、あのラブホテルで二人は愛の行為を交わしていたのだ。

扶美子からの送信メールは、とても怖くて読めなかった。

パチッとケータイを閉じて、ケータイを元の場所に置いた。

二人はいつからできていたのか、どういうキッカケで、と様々なことが気にかかった。だがそれ以上に扶美子が、自分一筋だと思っていた扶美子が、他の男に抱かれているという厳然たる事実に、押しつぶされかけていた。

扶美子は自分とつきあう前は、一人の男性すら知らないと言っていた。だが、この現実を前にするとその言葉も信用できない。いや、一緒になってからももしかして辰雄の目を盗んで他の男を作っていたのではないか？

疑心暗鬼でソファに腰をおろしていると、廊下を歩く足音がして、扶美子がリビングに入ってきた。ベージュのパジャマを着ていた。男に抱かれたことがわかっているせいか、いつもより肌艶がいいように感じる。

「あら、あなた。いらしたの？」

「ああ……」

「どうしたの、機嫌が悪いわね。何かあった？」

「いや、何でもない」

「そう……なら、いいんだけど……今日は疲れているから休むわね。おやすみなさい」

赤いケータイをつかんで去っていこうとする扶美子を思わず呼び止めていた。

「扶美子……！」

「えっ、何ですか？」

扶美子が振り返った。だが、扶美子のつやつやとした顔を見て、あの話を切り出そうという意志が消えた。

「いや、何でもない。おやすみ」

「……おやすみなさい」

扶美子は一瞬浮かんだ不安げな表情を打ち消すようにしてリビングを出ていく。

若く、血気盛んな頃なら間違いなく扶美子を問い詰めていた。

だが、辰雄ももう六十三歳。直情型の行動はできなくなっていた。

それ以上に、自分も扶美子と同じ不倫をしているのだという思いが、辰雄をためらわせた。

（しかし、なぜ扶美子が？　扶美子は俺を愛してくれていたんじゃなかったのか？　愛情が失せたとしたら何が原因なのだろうか？　私と智子との関係か？　しかし、扶美子は二人に肉体関係があることは気づいていないはずだが……）

辰雄はしばらくソファで物思いにふけった。

2

日曜日、辰雄はいったん家を出て近くのカフェで時間を潰し、家に戻ってきた。

あれから、ちょくちょく扶美子のケータイを盗み見るようになっていた。扶美子はロックをかけているので安心しているのか、その日のメールは就寝前に消すことに決めているようだった。

そして昨日、扶美子が風呂に入っている間に盗み見たメールに、今日の家での逢引きのことが記してあった。

今日は智子が夫と離婚の話し合いをするために外出することが決まっていた。

辰雄も学会に出席する予定だった。

家は留守になる。そして、扶美子が洗濯や掃除をすることになっていたから、外で逢う時間はないと判断して、中田を家に呼んだのだろう。

夫の留守に恋人を家に引き込むという大胆さに、驚いた。だが、扶美子は危険を冒してまでも、若い恋人に逢いたがっているということだ。

扶美子の高校の名簿を調べたところ、中田浩史《ひろし》は二十八歳で現代国語を教えていた。

この前、他の話のついでという形で、扶美子にさりげなく中田のことを聞いた。

中田は昨年赴任してきた教師で、教師をつづけながら小説を書いているらしい。

「読ませてもらったけど、けっこういいのよ。もしかしたら、将来、モノになるかもしれないわよ」

と、扶美子は言っていたから、それなりに才能はあるのだろう。扶美子はその文才に惚れたのかもしれない。

二人の関係を確かめたかった。怖いもの見たさという側面もあった。

辰雄は急遽学会の出席をキャンセルし、学会に出るふりをして、家に戻った。

この時間なら、すでに中田は家にいるはずだ。

玄関から入っていくわけにはいかない。辰雄は庭のフェンスの門扉《もんぴ》を開けて、身を隠しながら庭に忍び込んだ。自分の家なのになぜこそこそしなくてはいけないのだと苛立ちながらも、家の壁に張りつくようにして窓下までそっと歩いた。

慎重に腰を伸ばしていく。窓にはレースのカーテンがかかっていたが、中央部分がわずかに開いている。

そこから室内を覗いた瞬間、我が目を疑った。

こちらに向かって置かれたソファに、中田が足を開いて座っていた。そして、前にしゃがんだ扶美子が、下半身に顔を埋めていた。

扶美子の少女のようなボブヘアが上下に動いている。

信じられなかった。身体にフィットしたサマーセーターを着た扶美子はこちらに背中を向けながら、ゆったりと顔を打ち振って、若い教師のそれを頬張っているのだ。

体の中心を稲妻に貫かれたようだった。

何をしているんだ、と怒鳴り込むのが、夫の取るべき態度のはずだ。だが、どういうわけか体が金縛りにあったように動かない。

扶美子が顔をあげて、中田に向かって何か言った。中田が苦笑して、扶美子の耳元で囁いた。

扶美子が楽しげに笑った。そのひとつひとつの所作に二人の親密な関係を感じて、胸が嫉妬の炎でちりちりと灼ける。

膝までさがっていたズボンを、扶美子はおろして足先から抜き取った。

中田が靴下だけを穿いた足を大きく開いた。イケメンのわりには恥毛が濃く、太腿の付け根まで毛が生えていた。

勢いよくそそりたつ肉柱は長大で、太さも長さもあり、何より逞しく反りながらいきりたっている。

（そうか、扶美子はこの男性器に惹かれているのか……いや、ペニスの大きさなどさほど関係ないと、以前に扶美子は言っていたじゃないか）

そう自分を慰めるものの、やはり、気後れがした。

扶美子が何か言って、中田は自分で肉棹をしごきはじめた。

中田が立ちあがって、代わりに扶美子がソファに座った。ニットのスカートをまくりあげながら、片足を座面に載せる。

（えっ……？）

最初はどうなっているのかわからなかった。赤いシースルーのパンティの中央から毛叢がのぞいていた。目を凝らすと、どうやら下着の真ん中が開いていて、そこから恥毛と女の秘所がさらされているのだとわかった。

(扶美子がこんな下着を……?)

辰雄を前妻から奪ったときでさえ、扶美子はこんな破廉恥な下着はつけていなかった。

扶美子ももう三十九歳。あの頃のように若くはない。

若い男を愉しませるために、好かれるために、オープンパンティを用意した扶美子の気持ちを思わずにはいられなかった。

扶美子は中田に見せつけでもするように、そこを指でいじりはじめた。

赤いオープンパンティからのぞく肉の花に右手の指をすべらせながら、左手でサマーセーターをまくりあげた。

ブラジャーをつけていなかった。形よく量感もあるふたつの乳房が目に飛び込んでくる。

四十路前にしていささかの下垂も見られない豊かな乳房が、この場合は辰雄の嫉妬を呼んだ。

中田は少し離れたところで立ったまま扶美子を眺め、いきりたつ肉赤色の棍棒を見せつけでもするように大きくしごいている。

扶美子は中田が肉茎を擦るところに視線をやりながら、左手で乳房を揉みしだき、右手を繊毛の流れ込むあたりに走らせる。

内側に折り曲げられた親指がクリトリスをくすぐり、他の指が花肉を撫でさすっている。

ひろげられていた下腹部がぐぐっとせりあがり、女の証を見せつけでもするように扶美子はクリトリスをまわし揉みする。

それから、扶美子は陰唇に添えた指をＶ字に開いた。それにつれて雌花も咲き、血のように赤い内部がさらけだされる。

「ああ、いい……見て、見て」

そう言いながら、扶美子は左右の手指で陰唇をひろげたり、閉じたりする。

愕然とした。

扶美子のこんな奔放な姿はここしばらく見たことがなかった。

(あいつもまだこれほどに女の欲をあらわにするのだ)

頭のなかで何かが弾けた。ズボンのなかで、分身がぐぐっと力を漲らせる。

それから、扶美子は右手の中指と薬指を口にもっていき頬張って唾液で濡らし

た。その指を花芯の中心に突きたてて、

「うっ……！」

と、顎を突きあげる。

やがて、指が激しく抜き差しされた。手首のスナップを利かせて二本の指を体内に叩き込み、それを見せつけでもするように下腹をせりあげる。

そうしながら、扶美子は中田が硬直をしごくところを魅入られたように見ている。

中田が近づいていくと、

「ああ、咥えたい……お願い、咥えさせて」

扶美子が喘ぐように言って、哀願するように中田を見あげた。

中田が肉棹を突き出すと、扶美子は上体を屈めて、左手でつかみ寄せ、亀頭部にちろちろと舌を走らせる。

それから、唇をかぶせて一気に頬張った。

やや前傾し、顔を打ち振って男のものを味わう。

これまで目にしたことのない妻のしどけない姿に、辰雄も昂ぶっていた。

相手は自分ではない。浮気をしているのだ。

それなのに、なぜこうも昂ぶるのか？　辰雄はズボンのなかに手を入れて、分身を握りしめた。

やがて、中田は両側から扶美子のボブヘアを挟みつけ、自分から腰をつかいはじめた。

文学青年のわりには筋肉質の尻をきゅっ、きゅっと窄ませて、怒張を扶美子の口に叩き込んでいる。

扶美子の表情は見えない。だが、閨の床で扶美子が時々するあの苦しげで悩ましい顔をしているのだろうと想像すると、分身がピキッと音を立ててさらにいきりたつのがわかった。

それから、中田は腰を引いて肉棹を抜き取り、扶美子を立たせた。

こちらに向かってくるので、辰雄はハッとして頭を引っ込める。

しばらくしてまた顔をのぞかせると、扶美子はいつも辰雄が座っているひとり掛けソファの座面にあがって、両膝を突き、尻を中田のほうに向けていた。

ソファの座面に這うようにして、後ろに尻を突き出す格好である。

ニットのスカートからまろびでた尻たぶは、レースのカーテンを通して差し込む昼下がりの陽光を浴び、つやつやとした光沢を放っている。

中田がいきりたつ肉棹を双臀の奥にあてて、腰を入れた。逞しくそそりたつものが体内に姿を消して、

「うっ……！」

扶美子が呻きながら、背中を反らす。

（おおぅ、扶美子……！）

あれほどまでに自分を愛してくれた扶美子が、嬉々として他の男のものを受け入れている。

得体の知れない衝撃が体内を貫いた。それが何なのかわからないまま、辰雄は自分の硬直を握りしめた。

中田が動き出した。

細くくびれた腰をつかみ寄せ、さかんに腰を打ち据える。若いだけあって、力強い。

肘かけ椅子は窓辺から近い距離にある。その分、如実に見えた。

蜜にまみれた長大な棍棒が扶美子の膣を極限まで押しひろげながらうがち、そのたびに妻はがくん、がくんと身体を揺らしてソファの背もたれをつかむ。

「ああ、気持ちいい……大きいわ。太いのがこじあけてくるの。いいわ、いいの

……くうぅぅぅ」

あらわな声が聞こえ、辰雄は妻の「大きいわ」という声に打ちのめされながらもたまらなくなって肉棹をしごいた。

扶美子はソファに這って尻をもっととばかりに突き出しながら、手で背もたれや肘掛けをつかんでいる。

中田は気持ち良さそうに目を瞑って、腰を打ち据える。

「ぁあああぁ、ぁあああぁぁ、いい……浩史、イッちゃう。もう、イッちゃう」

扶美子の声がはっきりと聞こえた。

(浩史だと……親しそうに名前など呼ぶな！　いやらしい声を出して！)

嫉妬に身を妬きながらも、辰雄も分身を激しくしごきたてる。

「そうら、扶美子さん、イクんだ」

中田が力強く腰を叩きつけた。

「ああ、いい……硬いわ、硬いのが奥に突き刺さる……もっと、もっとよ。扶美子をメチャクチャにして」

扶美子が叫ぶように言った。

中田が吼《ほ》えながら腰を鋭く叩きつける。

「あうぅぅ……イクわ、イク……強く、そう……イクぅ……やぁあああぁぁぁぁぁぁぁぁぁぁぁ……はうっ」

外にまで漏れる声をあげて、扶美子は大きくのけぞった。それから、がくん、がくんと身体を揺らしている。

(イッたんだな。お前は私以外の男相手でも気を遣るんだな)

扶美子は以前「あなたが相手だから、こんなに感じるのよ」と言っていた。辰雄が分身を握りしめていると、扶美子が椅子を降りて、入れ違いに中田を座らせた。

中田のそれはいまだに力強くいきりたっていた。

「出さなかったのね。気をつかってくれたのね。だから、あなたのことが好き……お口で出させてあげる」

年上の女のやさしさを見せて、扶美子は前にしゃがんだ。

自分の蜜がこびりついている肉棹に舌を這わせて、さらに唾液を塗り込めていく。

中田はそんな扶美子を愛しそうに見て、つやつやの髪を撫でている。

それでも、扶美子が肉棹を頬張ると、「うっ」と呻いて顎をせりあげた。

肘掛け椅子に座って足を開いた中田の前にひざまずき、扶美子は猛りたつものを追い込もうと一心不乱に顔を打ち振る。

妻が他の男のイチモツをしゃぶるのを眺めながら、辰雄は自分もフェラチオを受けているような気分になって、分身を強く擦った。

扶美子は根元のほうを握って強くしごきあげながら、先のほうに唇をかぶせて、早いピッチで顔を打ち振る。

中田の表情がゆがんだ。さしせまった顔で唸っていたが、「うっ」と呻いて、眉根を寄せた。その表情がゆるんでいく。

扶美子は頬張ったまま、迸った精液を呑んでいるようだった。

いったん顔をあげて中田を見て、残っていた白濁液を舌を差し出して見せた。

それから、こくっと喉を鳴らして嚥下する。

信じられなかった。扶美子がまるでAV女優がするようなことをしてみせたことが。だが考えてみたら、十二年前も扶美子はこのくらいのことはしたという記憶がある。

狙った男は逃さない、それが扶美子という女なのだ。

それから扶美子は、椅子に座っている中田の膝の上に横座りした。片手を中田の首筋にまわしてしどけなく寄りかかった。

中田がボブヘアからのぞく耳元で言った。

「俺、こんなことしてたら、きっと教授に殺されちゃいますね」

自分のことを言われているのだと知り、身が引きしまる。

すると、扶美子がまさかのことを言った。

「彼にはわたしたちを非難する資格はないわ……彼にも女がいるのよ。ゼミの学生だった女で、今、家に同居しているの」

(智子とのことだ！　知っていたのか……？)

辰雄は一瞬にして地獄の底に突き落とされた。

「えっ、同居しているんですか？　ここに？」

「ええ、そうよ」

「そうよって……普通はあり得ないでしょ」

「彼女は夫と別れたがっているの。別居したいって相談されたから、わたしが一緒に住むことを提案したの。彼女は以前から知っているし、可哀相だった。だから……」

「でも、彼女は教授とできていたんでしょ？」

「そんなことつゆとも思わなかった、そのときは……知ったのは同居するようになってからなのよ。ある夜、トイレに立ったら、彼女の部屋からあの声が聞こえたわ。一応念のために教授の部屋に行ったら、やはりいなかった」

「ほんとですか？　扶美子さんの好意で同居させてもらって、それを裏切るなんてちょっと信じられないな」

「事実なのよ、これが……前からできていたのか、それとも同居してからできたのかはわからないけど。そんなこと訊けないでしょ？」

「……いや、すごいな。現実は小説よりも奇なりだな」

「でも、彼女の気持ちはわからないでもないのよ。わたしも十二年前、同じように教授を愛して、そして、奥さんから奪ったから」

中田はしばらく何かを考えているようだったが、やがて、言った。

「扶美子さん、間違っていたらすみません。俺、ずっとあなたが好きだった。だけど、あなたは俺を拒んできた。それを許してくれたのがひと月前……もしかしてそれって、扶美子さんが二人の関係を知ったからじゃないですか？　夫が家庭内不倫しているんだから、自分もって……違いますか？」

「ふふ、違うわよ。馬鹿なことは考えなくていいの、あなたは……ねえ、またしたくなった。二階にあがりましょ。今、教授とは部屋が別だから」

「いや、だけど……」

「ふふっ、大丈夫よ。彼女も教授も夜までは帰ってこないから。行きましょ」

扶美子は腰を浮かせて、中田の手を引いた。

中田が立ちあがり、扶美子の後をついていくのを見て、辰雄も窓から離れた。

3

その夜、辰雄は寝つかれずにベッドを輾転としていた。

あれから、夜になって辰雄は帰宅した。扶美子は何食わぬ顔で、夫との話し合いを終えて帰っていた智子と談笑していた。

(お前は昼間、男をここに引き入れていたじゃないか!)

面と向かって罵倒してやろうかと思った。だが、できなかった。

扶美子は、自分が智子と家庭内不倫をしていることを知っているのだ。

お互いに相手が不倫をしていることを知りながら、それを口に出さずに表面を取り繕っている夫婦とは何なのだろう?

その原因を作ったのは、自分だ。それはわかっているのだが、扶美子が若い教師と肉体関係があるのは許せない。

自分ももっとひどいことをしているのだから身勝手と言えばそうだが、しかし許せないものは許せない。

ベッドに入っても、頭に浮かぶのは、扶美子と中田の情事の光景である。思い出したくないはずなのに、頭から拭い去ろうとすればするほどに、かえってあのシーンが怒りに似た嫉妬の炎とともに脳裏によみがえってくる。

同時に、やはり自分が信頼できるのは、智子だけだという気がしてきた。智子と夫との話し合いは依然として平行線をたどっているようだった。智子は別れたいのだが、夫がそれを拒否している。

智子の心のなかに、自分が棲んでいることは確かだ。

ずっと自分が好きだったと言ってくれた。あの告白は嘘ではないだろう。扶美子も過去においては自分を愛してくれた。だが、今は彼女の心はあの若い教師にある。

(智子、お前だけだ、私を愛してくれているのは)

居ても立ってもいられなくなった。

すでに午前零時を過ぎている。智子は眠ってしまったのだろうか？　寝ていたら起こせばいい。

辰雄はベッドを降りて、部屋のドアを開けた。

廊下を忍び足で歩いて、書庫の隣の部屋まで来て、静かにドアをノックする。ひとつ置いた部屋では扶美子が眠っている。彼女を起こさないように気をつかいながらドアを慎重に叩くと、ドアが開いて智子が顔をのぞかせた。

「入っていいか?」

小声で聞くと、智子は扶美子の部屋をちらっと見てから、辰雄を招き入れる。

智子はTシャツを大きくしたようなだぼっとしたベージュのナイティを着ていた。

和室の畳に敷かれた布団を行灯《あんどん》風ランプがぼんやりと照らし出し、枕元に『万葉集』の解説本が開いたまま置いてあった。

「本を読んでいたのか?」

「ええ……」

そう言って、智子は布団に足を斜めに流す形で座った。

横からの枕灯が、薄い布地をまとった智子の姿を陰影深く浮かびあがらせている。胸のふくらみには小さなふたつの突起がせりだし、ナイティの裾からは膝小僧とともにむちっとした太腿が途中までのぞいていた。

智子は何の用だろうという顔で、所在なさげに座っている。

「離婚の話は相変わらず平行線のようだね？」

「はい……たぶん、体裁を考えているのだと思います。耕一さんにはもうわたしへの愛情なんかないはずですから」

辰雄は思い切って言った。

「もし離婚が成立したら、私と二人で住まないか？」

「二人……？　でも、扶美子さんが」

「別れようと思っている」

思いを口に出すと、智子の瞳がハッとしたように大きく見開かれた。

「……別れてもいいと思っている」

確認するように同じことを繰り返していた。

「でも……扶美子さんを愛していらっしゃるんでしょ？」

「愛していた……だが、今は違う。じつは……」

じつは、扶美子には男がいるんだ、と言いかけて辰雄は言葉を呑み込んだ。

「とにかく、智子はもう扶美子のことを考えなくていい……早く離婚してくれ。そうしたら、私も扶美子と決着をつける」

いきなりの発言を、智子はどう受け取っていいのかわからないといったとまどった表情で聞いている。

斜めに流された足の間からのぞく、薄く張りつめた内腿を目にしたとき、辰雄のなかで男の欲望がうねりあがってきた。

体を寄せ、智子を後ろに倒しながらのしかかった。

智子は一瞬拒んだが、上から抱きしめて足の間に膝を割り込ませると、身体から力が抜けていった。

顔をあげて、上から見た。流れるような黒髪を散らした智子は、真剣な眼差しで辰雄を見ている。

「もう私にはお前しかいないんだ」

「信じていいんですね」

「ああ……」

唇を寄せると、大きな瞳が閉じられる。

きりっと締まっていながらもふっくらとした唇に、唇を重ねた。

静かに押しつけると、喘ぐような息づかいとともに唇がほどけ、女の舌がおずおずと伸びてきた。

舌をぶつけて、ちろちろとくすぐった。それから、もっと奥へと差し込んで、根元のほうから包み込むようにしてからませていく。

キスでの昂ぶりが全身に行き渡り、辰雄の分身が頭をもたげてきた。

昼間に扶美子と中田の情事を目撃したときから、体の奥で疼いていた欲望がようやく発露する場所を見いだしたようだった。

智子も気持ちが昂ぶっているのか、いつになく積極的に舌をからめ、頭髪から肩にかけて撫でさすってくる。

(私はこの女が好きなのだ。心から愛しているのだ)

辰雄はそう自分に言い聞かせた。

キスをやめてナイティに手をかけると、智子は上体を起こして、自分からナイティを頭から抜き取った。辰雄も甚平の上着とズボンを脱ぐ。

智子はパール色のパンティを穿いただけの格好で、布団に横たわり、両手で乳房を隠した。

その腕をつかんで外し、顔の横に押さえつけた。

乳房をあらわにされて、智子は居たたまれないというように顔をそむける。

形のいいお椀形の乳房とその頂の朱い小さな乳首が、枕灯を受けてほの白く浮かびあがり、その可憐な佇まいが辰雄をかきたてる。

顔を寄せて、乳首を口に含んだ。

乳暈ごと吸って吐き出し、今度は周囲を舌を旋回させ、徐々に円周を狭めていく。舌が乳首に触れると、

「ぁあぁ、くうぅぅぅ」

智子が顎をせりあげた。

「気持ちいいんだね？」

「はい……」

辰雄は乳首から舌を横にずらしていく。智子の腕を持ちあげ、露出した腋の下に一気に顔を埋めると、

「くっ……いやっ」

智子は肘を絞って腋窩を隠そうとする。

「大丈夫。恥ずかしがらなくていいから」

腕を引きあげ、腋の窪みに舌を走らせた。几帳面に剃毛された腋窩はつるつるだった。しょっぱい汗の味がする。

「ああ、許して……そこはいやです」

女がいやがることをしたくなるのは、男のどうしようもない性なのかもしれな

い。

接吻を浴びせ、また舐める。それを繰り返しているうちに、智子の身体が震えはじめた。

感じているのだ。女が恥ずかしがる箇所は性感帯でもあることを知ったのは、五十歳を過ぎてからだ。

辰雄は腋を離れて、脇腹を舌でなぞりおろしていく。

腰骨から今度は舐めあげる。脇腹の薄いところをスッーと舌で撫でると、

「はうぅぅ……」

智子が顎をせりあげた。

身をよじる智子を押さえつけながら、何度もそれを繰り返すと、智子の肌が粟粒立った。

辰雄は腕を離して、腰骨から太腿にかけて撫でさすりながら、臍にも舌を走らせる。

美しい女体を舌で味わいたいと思うようになったのは、ごく最近のことだ。

窪んだ臍のゴマを取るように舌先でうがち、パンティに手をかけた。ずりおろして、足先から抜き取った。

細く薄い陰毛がそよそよと女の苑に向かって流れ込んでいる。

辰雄は智子の足の間に腰を割り込ませて、身を屈めた。

縮れ毛から舐めおろしていき、上方の肉芽に舌を届かせると、ビクッとして智子は腰を逃がす。

膝の裏側をつかんで開かせ、合わせ目に舌を伸ばした。

鶏頭の花のように波打つ陰唇を舐め、その狭間に舌を走らせると、

「あうぅぅぅ……」

智子は顎を突きあげ、洩れそうになる喘ぎを指を噛んでこらえた。

声を出すのが恥ずかしいという以上に、やはり、扶美子の存在が気にかかっているのだ。

辰雄は狭間を舐めあげる勢いを利して、そのままクリトリスを弾いた。

それを繰り返すと、智子は「うっ、うっ」と舌づかいに翻弄されるがままに、下腹をせりあげる。

もっと感じてほしかった。扶美子の存在を忘れるほどに昂ぶってほしかった。

小陰唇の外側に丁寧に舌を走らせ、底のほうで息づく窪みにも尖らせた舌先を潜り込ませた。

「ぁあぁぁ、くうぅぅぅ」

もっととせがむように腰を横揺れさせたり、せりあげる智子。

その頃には、辰雄の分身も痛いほどに張りつめていた。

クンニをやめて、布団の上に立った。

すると何も言わずとも智子は身体を起こし、辰雄の前にしゃがんだ。

待ちきれないとでもいうようにブリーフに手をかけて引きおろし、足先から抜き取った。

分身が血管さえ浮かべていきりたっていることが、誇らしい。

根元を握ってその感触を確かめるようにしごきながら、智子は見あげてくる。

「さっきの言葉、信じていいんですね？」

「ああ……」

答えると、吹っ切れたように智子はキスをする。亀頭部に品良く唇を押し当てて、舌を伸ばした。

鈴口の割れ目をなぞっていたが、やがて、感情が抑えきれなくなったとでもいうように唇をかぶせ、一気に奥まで咥え込んだ。

陰毛に唇が接するまで深く頬張り、もっとできるとでもいうように辰雄の腰をつかんで引き寄せる。喉で切っ先を包み込むようにして、しばらく感触を味わっていた。

以前はディープスロートをしようものなら、噎せて吐き出していた。わずかな間に智子はこれだけ成長した。いや自分が育てたのだ。そのことが辰雄の自信を回復させる。

智子は片手をベッドに突いて身体を支え、上を向く形で、袋から肛門へといたる敏感な筋をちろちろと舌でくすぐってくる。

初めて見せた行為に深い満足を感じながら、辰雄は足を開き、会陰部からもたらされる歓喜の疼きに酔った。

辰雄が高まっているのを感じるのか、智子はしばらくその形で蟻の門渡りを愛撫した。それから本体に移り、裏筋に舌をぶつけながら見あげてくる。

柔らかく波打つ髪が枝垂れ落ち、肉棹の向こうにそれを嚙むようにしてこちらを見あげる智子のしどけない顔があった。

これまで見たことのなかった、ぞくぞくするほどの艶めかしい表情である。智子もお前と一緒になるという辰雄の気持ちに応えたいと願っているのだろう。

肉棹の根元を強く握り、手のひらから出た部分に唇をかぶせて一心不乱に顔を打ち振る。

そのとき、辰雄はふとある欲求に駆られた。いったんそれが頭に浮かぶと離れなくなった。苦しいことを強いることで、智子の自分への愛情の強さを確かめたかったのかもしれない。

「智子、手を離して背中にまわしなさい」

言うと、智子は肉棹を頬張ったまま、素直に両手を後ろにまわした。

「右手で左の手首を握って……やったか？」

智子は咥えたまま小さくうなずく。

「そのまま手を使わずに、口だけでしてくれ。できるね？」

目でうなずいて、智子は肉棹を深く咥え込んだ。そこからゆっくりと引きあげていき亀頭部のところで止めて、また奥まで唇をすべらせる。

言いつけを守って、両手を背中でつなぎ、懸命に奉仕をする智子。

心のなかに扶美子が中田のペニスを頬張っている姿が浮かぶから、おそらく二人への苛立ちがあるのだ。

智子はつらそうに呻きながらも、一途に頬張っている。

色白の裸身がほんのりと染まり、くびれた腰のところで右手で左の手首をしっかりと握っている。

「ありがとう。気持ちいいぞ、智子、お前が好きだ、おおぅぅぅぅ」

気づいたときは、智子の顔を両側から挟みつけて、自分から腰を振っていた。中田が扶美子に対して行っていたことを、自分は智子にすることで心のわだかまりを解消しているのかもしれない。

苦しそうに眉根を寄せながらも、唇を必死にからめている智子を見ると、自分への愛情を確認することができた。

後ろにまわされた手指がぎゅっと手首を握っているのが目に入り、こらえきれなくなった。

4

智子を布団に仰向けに寝かせて、正面から押し入った。

膝をあげさせ、ハの字になった足を布団に突いた両腕で押さえ込むようにして腰をつかう。

熱く滾った蜜壺が硬直の往復をさまたげるかのようにまったりとまとわりつき、辰雄は甘美な感触に酔いしれた。

先日、真希を相手にしたときとは、悦びの度合いが違った。やはりセックスのためのセックスは所詮それだけのものだ。こうして愛している女とつながるとそれがよくわかる。性の悦びは肉体だけから生じるものではない。心の在りようが悦びを何倍にもするのだ。

辰雄は体を貫く歓喜のなかで、歯を食いしばって打ち込んでいく。

「うっ……うっ……ぁあうぅぅ、声が出てしまう……うぐぐっ」

智子は手の甲を噛んで、声を押し殺す。

何かにせきたてられるように律動をつづけると、

「ああ、ダメっ……許して、お願い。聞こえてしまう」

智子が怯えた顔で、扶美子の部屋のほうを見た。

その怯えた表情が辰雄を冷静にさせた。

部屋をひとつ挟んでいるから、まず声は届かない。だが、扶美子がトイレに行こうとして廊下に出れば聞こえてしまうだろう。

どうせ二人のことを知っているのだし、男を家に連れ込んだのだから、聞かせてやってもいいとまで思う。だがもし乱入でもされたら、困るのは智子だ。

周囲を見まわすと、手が届くところに、智子が脱いだ丸まったパンティがあった。パール色の小さな布切れをつかんで、言った。

「悪いけど、これを口に詰めてくれないか？」

さすがに自分が穿いていた下着を口に入れることにはためらいがあるのだろう、智子はとまどっていたが、やがて、辰雄の手からパンティを取った。

それを丸めて、自分の口のなかにおずおずと押し込んで、辰雄を見た。

パンティはおおかた口のなかに姿を消したが、白いすべすべの布地が口からはみだしている。

わずかに頬をふくらませて、智子はうなずいた。

その姿に男の劣情をかきたてられながら、辰雄は腰をつかう。

覆いかぶさるようにして屹立を叩き込むと、智子は足をM字に開いて硬直を奥に導き、「うっ、うっ」と呻いた。

ほの白い喉元をさらし、布団に突いた辰雄の腕にしがみいてくる。

女の肉路を行き来する切っ先が天井の粒々を擦り、さらに奥まで突き入れると蕩けたような粘膜が全体を包み込んでくる。

「ぅうぅぅ……くうぅぅぅ」

白い布地を嚙みしめ、のけぞりながら、智子は苦しげな喜悦の声を洩らす。

「もうひとつ頼みがある。聞いてくれるか？」

智子がこちらを見て、小さくうなずいた。

「両手を頭の上にあげて、右手で左の手首を握りなさい。さっきやったから、要領はつかめているだろ？」

その意味を嚙みしめるようにしていた智子が、おずおずと手を頭上にあげて、右手で左の手首をつかんだ。

両腋をさらした無防備なポーズが、辰雄の渇望を満たした。

おそらく、自分はこういう無理な姿勢を強いることで、智子の自分への愛情を確かめているのだ。

辰雄は片方の肘を突いて、自由になる手で胸のふくらみをつかんだ。形よく盛りあがった乳房は微熱を帯び、頂上の乳首は尖りきっている。

痛ましいほどにせりだした乳首を両側から指で挟んで転がした。空いている指で頂上をかるく押しつぶす。

全体を揉みあげ、ふたたび乳首を責める。そうしながら、かるく腰をつかって抜き差しをする。

「あおおおぅぅ……うぐぐっ……」

智子はパンティを噛みしめながらくぐもった声をあげ、ぐぐっと首から上をのけぞらせた。

「気持ちいいんだな？」

「はひ、ひもちいいれふ」

智子が腋をさらし、下着を口に詰め込んだ状態でこちらを見た。

滑舌もままならないその様子が、辰雄のなかに潜んでいる支配欲のようなものを満たした。

「そうか、気持ちいいか。もっと気持ちよくしてやるからな」

辰雄は腰を引いて背中を曲げ、乳房にしゃぶりついた。挿入は浅くなるが、先端は浅瀬に嵌まっている。

硬くなっている乳首に舌を走らせた。上下に舐め、左右に弾く。

それから頬張って、強く吸う。

「くうぅぅぅぅ……」

鳩が鳴くように声を詰まらせ、顎をいっぱいにせりあげる智子。

乳首を口に吸い込みながら、腰をつかった。

早いピッチで打ち込み、できるだけ深く押し込むと智子の気配が変わった。

「うぐっ、うぐぐっ……」

さしせまった声をくぐもらせて、頭上にあげた手を神に祈っているように組み合わせて、泣きださんばかりに顎をせりあげる。

胸が持ちあがり、もっととばかりに乳房が押しつけられる。

そして、肉棹を咥え込んだ膣肉はひくひくとうごめいて、押し込まれる硬直を締めつけてくる。

結合をもっと愉しみたいという気持ちが、うねりあがる下半身の愉悦に負けた。

ちゅぱっと乳首を吐き出して、覆いかぶさっていく。

右手を肩からまわして、首の後ろを抱き寄せる。

身体を密着させ、ぐいぐいと押し込んだ。

智子は足をM字に開いて、辰雄の腰を挟みつけでもするようにして、踵を辰雄の尻につけた。

そして、もっと深くに欲しいとでもいうように、辰雄の腰を引き寄せ、自分からも下腹部をせりあげる。

そのあられもない所作が、辰雄を追い詰めていった。

猿ぐつわ代わりの下着を押し込まれて、泣きださんばかりに眉根を寄せ、顎を突きあげる智子。

　哀切な表情をたたえた顔にキスを浴びせ、夢中になって腰を叩きつける。

「うっ……うっ……あおぉぅぅぅぅ」

　ままならない喘ぎを噴きこぼし、開いた口から白い布地をはみださせて、智子は高まっていく。

　押し出された丸まったパンティが唾液にそぼ濡れている。

　布地に吸収しきれなかった唾液が、口の端から伝い落ちて頬を濡らした。

「おおぅ、智子！」

　吼えながら、射精に向かって駆けあがった。

　智子が一瞬顔をあげ、目を見開いてこちらを見た。

　潤みきった哀切な瞳が何かを訴えている。欲しい、イキそうと訴えている。

「智子、放さないぞ。わかっているな？」

　言うと、智子は何度も大きくうなずいた。

「よし、イクぞ。出すぞ」

　もっと智子を感じたかった。ひとつになりたかった。愛しい女体を抱き寄せながら、遮二無二腰をつかった。

すべりがよくなった肉路が時々痙攣しながら、硬直を包み込んでくる気持ち良さ……。

頂上に向かって一気呵成に畳みかけた。

射精覚悟でつづけざまに擦りあげる。吸着力抜群の肉襞が亀頭のくびれに嵌まり込み、吸いついてくる。

「ぁあうぅぅぅ……くうぅぅぅぅ」

必死に見開いた智子の瞳が閉じられた。

おそらく抱きつきたいことだろう。それをこらえて、言いつけどおりに頭上で握った手を放さない智子が愛しくてならない。

「イクぞ。出すぞ」

智子が大きくうなずいて、ほの白い喉元をさらした。

「そうら……」

つづけざまに打ち込むと、

「ふうぅぅぅ……うぁあぁぁ、はうっ！」

智子は獣じみた声を放って、のけぞりかえった。

とどめの一撃を押し込んだとき、辰雄にも至福の瞬間が訪れた。

ブシュッ、ブシュッと精液が飛び出していくのがわかる。

放たれる男の証を、智子はのけぞったまま受け止めている。

心も体も解き放たれるような瞬間がつづいた。

打ち尽くして、辰雄は智子の口から下着を取ってやる。

唾液が染み込んだ白い布地はところどころシミができ、全体に泡を含んだ唾液にまぶされていた。

第六章　残った爪痕

1

しばらく、何事もなかったように三人での生活がつづいた。

真綿で首を締められるような息苦しさと、妻の目を盗んで智子と身体を合わせることの秘めた悦びが同居していた。

三人が一緒になるのは夕食時が多かった。

時間があるときは、扶美子は智子と二人で夕食の準備をした。

扶美子は、辰雄と智子に肉体関係があることを知っている。嫉妬などおくびも出さず、その当の本人と、笑顔さえ浮かべて一緒に料理をする扶美子の強靭な精神を思った。

それを言えば、智子だって同じだ。その夫と不倫をしている妻とにこやかに共同作業をしているのだ。そして、辰雄も妻の不倫を知っていながら、そのことに言及することなく、内心の苛立ちを抑えて扶美子と接している。

三人は本心を隠蔽して表面を取り繕い、一見穏やかな家庭生活を送っていた。何かキッカケがあれば簡単に崩れてしまいそうな、その危ういバランスのもとに成り立つ空間を、辰雄は怯えながらもどこかで愉しんでいたのかもしれない。

そんな生活も少しずつ変化の兆しを見せはじめた。

夫との何度目かの話し合いを終えて帰宅した智子の表情に、微妙な陰が落ちていた。

リビングのソファに腰をおろしている智子に、辰雄は声をかけた。

「何か進展があったんだね」

「……ええ」

「どうなったんだ？　教えてくれないか」

問うと、智子が言いにくそうに口を開いた。

「耕一さん、女の人と別れたみたいなんです」

「……そうか」

心のなかで、ほんとうなのかという気持ちと、それが事実なら智子の夫に対する感情が変わってしまうのではないかという危惧がせめぎあった。

「それだけじゃなくて、戻ってきてくれるなら、お母さんとは別居すると」

辰雄は内心の動揺を押し隠して言った。

「結局、亭主のほうが折れたってことだな」

「どうなんでしょうか……口だけかもしれないし」

智子は辰雄の手前こう言っているが、内心は心が微妙に動いているのではないかと感じた。

キャリアの亭主も、智子がいなくなって初めて、自分にとっていかに智子が大切な存在であったかがわかったのではないだろうか？

客観的に見ても、智子はきれいで性格もいい。料理も上手いし、身体も素晴らしい。こういういい女をそう易々と手放せる男はいないだろう。

心がいやな音を立てて軋んだ。

「で、智子はどうなんだ？」

「……突然なので、どう考えていいのかとまどっています」

智子が目を伏せた。おそらく夫に「お前だけを愛している、戻ってきてくれ」とでも言われたのだろう。

智子を心から自分のものにしたいと思っているなら、ここで、「私にはお前が必要だ。そんな亭主の甘言に惑わされないで、きっぱりと別れなさい」と言うべきだ。

だが、それを口に出すことにためらいがある。これまでは、智子の離婚を前提にして考えてきた。だが、夫が一転して折れ、智子との結婚生活を心から望んでいるとなると話は変わってくる。

閨の床では、一緒になろうなどと口に出してしまったが、自分は六十三歳の大学教授だ。働いてもせいぜいあと五年。その後は多少著作の印税は入るだろうが、基本的に年金暮らしだ。

人生も終盤を迎えた男が、智子のように若くまだ未来のある女と再再婚するなど、どこか自然ではないという思いがあった。また扶美子と離婚しなければいけないと思うと、その煩雑さや心労が重く心にのしかかってくる。

離婚、結婚が無理なら、愛人にするしかない。

だが、智子が愛人という立場に甘んじていられる女だとは思えない。夫とベッドをともにしながら、他の男に抱かれるなど智子には耐えられないだろう。

どうアドバイスを送っていいのか迷っていると、智子が立ちあがった。

「洗濯物を取り込みますね」

言い残して、智子は着替えに二階へあがっていった。

二週間後の夜、智子に二人にお話がありますと言われて、リビングで三人は向かい合っていた。

ソファに座った智子は神妙な顔をしていた。いやな予感がした。

智子が夫と会ったあの夜、辰雄は部屋に忍んでいき、智子を抱いた。そして、智子は辰雄の愛撫に応え、いつも以上に燃えあがった。

だがあれ以来、辰雄が身体を求めても、智子は何かと理由をつけて受け入れようとしなかった。

迷っているのだと思った。だから、今日あらためて話があります、と言われると心が軋んだ。

季節はすでに秋を迎えていた。ブラウスにカーディガンをはおった智子は、じっと二人を見て、

「明日、ここを出ます」

きっぱりと言った。

「出るの……?」

と、扶美子が驚いた様子で聞き返した。

「はい、すみません。自分勝手に決めてしまって」

「それはいいんだけど……亭主の元に戻るって決めたってこと？」

扶美子が隣の智子を見た。辰雄も、智子を注視する。

口ごもっていた智子が、ちらっと辰雄を見てから言った。

「はい……戻ることにしました」

途端に、辰雄は体が奈落の底に沈み込んでいくように感じた。

「残念な気もするけど、それがいいかもしれないわね。亭主ときちんと詰めた？お母さんとの別居とか、別れた女の後始末とか」

扶美子には、辰雄のほうから事情を話してあった。

「はい……詰めました。耕一さんもお義母さまにきっちりと自分の意見を話してくれたみたいで、お義母さまは元いらした家に戻りました。女性とのこともお金で片をつけたと言っていました」

言い終えて、智子は申し訳なさそうに辰雄を見た。

辰雄が口を開こうとすると、その前に扶美子が言った。

「よかったんじゃないの。別居して正解だったわね。きっと、離れてみて初めてあなたの良さがわかったのよ。男なんてそんなものよ。一緒にいると空気みたいになってありがたみがわからなくなるんだけど、離れて初めて、あなたがいかに大切なものかがわかったんじゃないかしら。姑もいなくなったことだし、二度目の新婚時代を過ごしたらいいわ」

智子はやおらソファを降りて、絨毯に正座した。

「長い間、この家に住まわせていただいてありがとうございました。いろいろと相談に乗っていただいて……お二人がいらっしゃらなければ、きっとわたしは潰れていました。心からお礼を申し上げます。ありがとうございました」

智子は深々と頭をさげて、額を絨毯に擦りつけた。

「いいのよ、頭をあげて。わたしたちも智子さんがいてくれて、すごく助かったんだから。ねえ、あなた？」

扶美子に同意を求められて、

「……ああ、もちろん。もういいから、頭をあげなさい」

言うと、ようやく智子が顔をあげた。

大きな瞳が涙ぐんでいるのを見たとき、辰雄の心にわだかまっていたものが消えた。

2

深夜、辰雄は智子の部屋に忍んでいった。

かるくドアを叩くと、すぐにドアが開いて、迎え入れられる。

「いらっしゃると思っていました」

そう言って、智子は座布団を差し出し、自分は布団に正座した。行灯風ランプがネグリジェ姿の智子を艶かしく浮かびあがらせている。

「先生にあの会でお会いしたとき、わたしはほんとうに悩んでいました。何かにすがりたい気持ちでした。だから、先生に頼らせていただきました」

智子が畏まって言う。

「最初はご相談だけと考えていました。でも、途中から気持ちを抑えられなくなって……先生に抱かれてすごく幸せでした。先生に支えていただかなければ、きっとわたし……」

うつむいた智子に近づいていき、辰雄は嗚咽で震える肢体を包み込むように抱きしめた。胸に顔を埋めて、智子が言った。

「一緒に住もうと言っていただいて、すごくうれしかった。でも……先生に抱かれていてもわたしの心には常に扶美子さんがいました。これ以上、扶美子さんを裏切るわけにはいきません。だから……」

「かえって、きみを悩ませてしまったかもしれない。私がいけないんだ」

「いいえ、すべてわたしが悪いんです。先生にはよくしていただいたのに、こんな結果になって……」

「いいんだ」

辰雄は万感の思いを断ち切って言う。

「夫からあの提案を受けたとき、わたしは迷っていました。先生にご相談したとき、先生にもし『別れなさい』と言っていただけたら、きっとわたしは……」

智子がきゅっと唇を噛んだ。

「……どうしても言えなかった。私はもう六十三歳だ。それに……」

「いいんです。もうそれ以上おっしゃらないでください」

「智子……」

名前を呼ぶと、智子が顔をあげた。

黒目勝ちの瞳が涙ぐんでいるのを見ると、気持ちが抑えられなくなった。

体を預けていき、布団に仰向けに倒れた智子に重なっていく。

上から見て、言った。

「今夜が最後の夜になる……もう一度だけ、お前を抱きたい」

「はい……智子を思い切り愛してください。夫の元に帰ったら、わたしはもう先生とはお逢いすることはないと思います」

「ああ、智子の性格はわかっているよ」

額にかかっている髪をかきあげてやり、顔に慈しむように唇を押しつける。

唇にキスをすると、智子はこらえていたものを吐き出すようにして、自分から唇を合わせてきた。

舌をからめ、吸いあった。

唾液を流し込むと、智子はうれしそうにそれを呑んだ。

唇を合わせながら、右手を下半身におろし、ネグリジェの裾をまくりあげる。太腿をなぞりあげていくと、じかに柔らかな繊毛に触れた。

下着はつけずに辰雄を待っていた智子の気持ちを思った。

そして、繊毛が流れ込むあたりはすでにぬるっとしていて、指腹に蜜のぬめりが付着する。唇を離して言った。

「濡れているね」

「今夜はずっと先生を待っていたから」

「そんなに抱かれたかったか？」

「はい……」

下から見あげる哀切な瞳が、羞恥と発情の色をたたえて潤んでいた。

辰雄は視線を合わせながら、右手の指で肉襞の狭間をなぞった。濡れた内部が指腹にまとわりつき、かるく指を震わせるとネチッ、ネチャッと音が立った。

上方の肉芽に指を届かせてまわし揉みすると、

「ぅあっ……」

智子は目を閉じて、かるく顎を突きあげた。

それから顔をあげて、右手を伸ばし、辰雄の股間をふくらみに沿ってなぞった。

これまで智子が自分から求めてくることはなかった。それだけ、心も身体も自分を欲しがっているのだ。これで最後だと思うと、抑えられないのだろう。

辰雄は花肉に添えていた指を智子の口許にもっていく。すると、何をすべきかわかったのだろう、智子は辰雄の指を口に含み、自らの粘液を舐め清めていく。まるでフェラチオするときのように唇を窄め、舌をからめながら辰雄を見あげてくる。

そのしどけない表情に、辰雄はいきりたった。

いったん離れてパジャマを脱ぐ。

それを見た智子も、ネグリジェを頭から抜き取り、生まれたままの姿になって胸のふくらみを手で隠した。

この女は明日からは他の男のものになる。そう思うと、腹の奥から強い情動がうねりあがってくる。もっと、もっと智子の身体に自分の記憶を刻みつけておきたかった。

智子を布団に仰向けにさせて、辰雄は肩をまたいだ。顔の両側に膝を突き、いきりたつものを握って導き、智子の顔面を肉棹の先でなぞった。

猛々しくそそりたつおぞましいものが、智子の清らかな顔面を汚していく。

切っ先を口許にもっていくと、智子は自分からしゃぶりついてきた。

開いた傘の部分に唇をかぶせて、じっと見あげてくる。

こらえきれなくなって、辰雄は腰を動かした。下腹部に打ち込む要領でゆったりと腰を上下動させる。

血管が張りつめるグロテスクな肉棹が、智子のおちょぼ口をずりゅっ、ずりゅっと犯し、ふっくらとした唇の間を行き来する。

あふれだした泡を含んだ唾液が、口角に付着している。

「幸せか?」

聞くと、智子は頬張ったまま目でうなずいた。

「もっと欲しいんだな?」

ふたたび、智子が小さくうなずいた。

辰雄は前に屈み込むようにして、下腹部をせりだした。屹立が口の深くをうがつのがわかる。

「ぐぐっ……」

喉奥を突かれて、智子はのけぞりながら苦しげに眉根を寄せる。左右の指でシーツを持ちあがるほどに握りしめている。

しばらくその状態をつづけてから、押しつけをゆるめた。また、ゆっくりと浅瀬をうがつ。

ぎゅっと閉じられた目の端から、大粒の涙があふれ、ランプの灯にきらきらと光っている。

「さっきのを我慢できるな?」

聞くと、智子はかるく首を縦に振った。

「行くぞ」

ふたたび下腹部を突き出して、屹立の先を口腔にめり込ませる。

「うぐっ……」

眉根を寄せ、極限の苦しみをこらえる智子。

「うぐ、うぐっ」とえづき、横隔膜を震わせている。目尻から光るものがとめどもなくあふれでる。

手足が突っ張り、痙攣するのを見ると、さすがに可哀相になった。

腰を引いて肉棹を抜き取ると、智子は噎せながら裸身をくの字に折る。

辰雄はいったん立ちあがり屈んで、胸のふくらみに貪りついた。

形よく盛りあがった乳房の頂を口に含み、断続的に吸った。

いったん吐き出し、硬貨大の乳暈を舌で丸くなぞり、本体に舌を届かせる。

円柱の形にせりだした赤い突起を上下左右に舌で撥ねると、

「あうぅぅぅ……」

智子は洩れそうになる声を、手指を噛んで押し殺す。唇を乳首に接したまま訊いた。

「気持ちいいか？」

「はい……はい」

智子が何度もうなずく。

初めて身体を合わせたとき、智子はまだ蕾だった。だが、抱くたびに智子の身体は目覚め、花開いていった。

自分の色に染まっていく智子が愛しかった。自分が智子をここまで育てたのだ。

(これが最後だと……いやだ、そんなことは認めたくない)

愛しさと苛立ちが混在しながらうねりあがってくる。

愛撫などまどろっこしい。後ろからケダモノのように貫きたかった。もういいというまで、智子を昇天させたかった。

たとえ明日、智子が夫に抱かれようとも、辰雄のことが忘れられなくて夫の愛技が物足りないと感じるほどに、自分とのセックスの記憶を刻みつけたかった。

「這いなさい」

乳房から顔をあげて命じると、智子はゆっくりと身体を起こし、おずおずと布団に膝と手を突いた。

「ほら、もっと尻をあげて!」

丸々とした尻がせりあがってくる。

「ああ、いやっ……見ないで」

何度も身体を合わせているのに、いまだに羞恥心を失わない智子を好ましく感じる。

豊かな双臀の底で、智子を女たらしめる肉の花が咲き誇っていた。

もっと見たくなった。この目に焼き付けておきたくなった。

辰雄は手を伸ばして、枕元のランプをつかんだ。行灯のように和紙で覆われたランプを近づけると、

「あっ、やっ……」

智子が腰を逃がした。

「やめて……お願い、それはいやです」

首をねじって訴える。

「お前のここを忘れたくないんだ。目に焼き付けておきたいんだ。頼む」

智子はそれでもためらっていたが、やがて、尻をランプに向かっておずおずと突き出した。

妖しくぬめ光る肉の花びらと内部のぬめりが浮かびあがり、

「ぁあうぅぅ……」

羞恥の声をこぼして、智子は身をよじる。

唇を縦にしたような女の証が、柔らかな明かりに浮かびあがった。台形をなす尻と太腿の合わせ目に、蘇芳色の縁取りのある肉びらが波打つようにひろがり、その狭間で重なった肉襞がコーラルピンクのぬめりを放っていた。下方には薄く上品な翳りがやわやわと生えている。

そして、向かって右側の大陰唇の真ん中あたりに、小さな黒子《ほくろ》がふたつ並んでいた。思わず口に出していた。

「智子のここには、黒子がふたつあるんだぞ。知ってたか？」

「えっ……いいえ、知りませんでした」

「そうか……おそらくここの黒子を知っているのは、私だけだな。亭主は気づいていないだろうから」

そう言って、辰雄は陰唇に指を添えてひろげた。内部の赤みがぬっと現れ、

「ぁあぁ、許して……」

「許さない。智子は私ではなく夫のほうを選んだ。そういう女は許せない」

肉びらをひろげたままランプを近づけると、内部の幾層にも入り組んだ潤みが明かりを反射して、いっそう淫靡にぬめ光った。

上方に男を受け入れる肉の孔がわずかに口をのぞかせ、下方には小さな尿道口と陰核がある。

左右の陰唇を指で開いたり閉じたりすると、くちゅ、くちゅと音がして、透明な蜜が繊毛に向かって滴り落ちた。

こらえきれなくなった。

ランプを置いて、女の証に貪りついた。

舐めるにつれて、プレーンヨーグルトに似た味覚が舌の上でひろがり、それとともに尻がじりっ、じりっと揺れる。

陰核を指で刺激し、濡れ溝に舌を走らせると、

「ぁあぁぁぁ、くうぅぅぅ……ねえ、ねえ」

智子が媚びるような声を出した。初めて聞く声音だった。

「どうした?」

「ぁあぁぁ、欲しい。先生が欲しいの」

低く絞り出すような声をあげて、智子は尻を横揺れさせる。

智子が自分から求めてきた。そのことが、辰雄を昂ぶらせる。

辰雄は顔をあげて、尻の後ろに両膝を突いた。切っ先でぬかるみの窪地をさぐ

り、腰をつかみ寄せながら下腹部を突き出すと、

「うっ……！」

低く呻いて、智子はかるく背中をしならせた。

辰雄も唸っていた。熱いと感じるほどに滾った肉路が分身を適度な緊縮力でもって締めつけながら、包み込んでくる。

その感覚を味わっていると、内部がくいっ、くいっと硬直を内側へと引き込むような動きをする。

（これだ。私はこれに魅了され、溺れたのだ……自分はこれを忘れることができるのだろうか？）

いや、忘れなくてはいけないのだ。

やる瀬ない思いが込みあげてきて、それをぶつけるようにして強く打ち込んだ。からみつく粘膜を押し退けるようにして叩きつけると、

「うっ……うっ……ぁあうぅぅ」

智子は掛け布団に顔を埋めて、洩れそうになる喘ぎを押し殺す。

「手を後ろにまわしなさい……両手だ」

智子のほっそりした腕がおずおずと背中に伸びてきた。

「この前もしただろう。右手で左手の手首を握って」

命じると、智子は言われたように手首をつかんだ。

かなり苦しい姿勢のはずだ。だが、それをさせることに辰雄は悦びを見いだしていた。

背中でつながれた手をつかんで、腰をつかった。

肉がぶつかる乾いた音が立ち、尻肉が揺れた。

徐々に打ち込みを強くしていくと、陶酔感が込みあげてきて、辰雄はのけぞった。そのとき、視野の片隅に何かが映った。

(えっ……?)

右上方を見た。そこは欄間になっていた。隣室も和室で境は京壁になっていたが、上方には千鳥格子の欄間があった。

そこで、何かが動いた気がしたのだ。

3

目を凝らしたものの、欄間には異常がなかった。

(気のせいだったか……)

ふたたび、腰を引き寄せて後ろから打ち込んでいく。

今度はさり気なく右上方を気に留めていた。

しばらくして、また何かが動いた。気づかれないように注視する。

女の顔だった。

女が千鳥格子《ちどりごうし》の隙間からこちらを覗いているのだ。

(扶美子か……!)

幽霊が出るわけでもなし、この家にいるのは二人の他には扶美子しかいない。

(扶美子が覗いている……)

考えられないことではなかった。扶美子は二人の関係を知っているのだから、最後の夜に二人が関係を持つのではないかと推測することは可能のはずだ。そして、扶美子はじっとしていられなくなって、隣室に忍び込んだ……。

(扶美子が、そうか……)

いつからいるのかわからないが、会話もこれまでの行為もすべて筒抜けになっていたと考えるべきだ。

得体の知れない感情がせりあがってきた。あるべき躊躇も罪悪感もなかった。

(そんなに見たいならすべてを見せてやる)

おそらく、そんな気持ちだっただろう。

辰雄は背中にまわっている手をつかみ寄せ、

(どうだ、扶美子。私にもまだこんなことができるんだ)

心のなかで叫びながら、渾身の力を込めて分身を叩き込んだ。

猛々しくいきりたつものが智子の体内を深々とうがつと、

「うっ……うっ……」

智子は顔を横向けて体重を支えながらも、打ち込みに翻弄されるように悦びの声を押し殺す。

もっと、扶美子に見せつけたくなった。

背中にまわされていた両手をつかんで、後ろに引き寄せた。それにつれて智子の上体が持ちあがってくる。

「ぁうぅぅ……うっ、うっ……」

弓なりに反った背中を見ながら、後ろから突いた。

「苦しいか?」

「はい……でも、気持ちいい……突いて、もっと突いて。メチャクチャにして」

智子が喘ぐように言って、自分から背中をのけぞらせる。

「よし、メチャクチャにしてやる」

辰雄は後ろに体重をかけながら、腰を強く叩きつけた。

両腕を後ろに引かれ、上体をのけぞらせながらも、智子は気持ち良さそうに喘いで悦びをあらわにする。

同じ屋根の下に扶美子がいるという思いはどこかに置き忘れてきたようだ。これが最後という気持ちがそうさせるのかもしれない。

もっとも、その扶美子は隣室で息をひそめて二人の痴戯を覗いているのだが。

(どうだ、扶美子。今、お前はどんな気分で覗いているんだ？　感じているんなら、オナニーしていいんだぞ)

辰雄は心のなかで毒づく。

突かれるままに裸身を揺らしていた智子が、精根尽き果てたように前に突っ伏していった。

辰雄もそれを追って折り重なる。

腹這いになった智子を、なおも突いた。

両手を突いて腕立て伏せの形になり、尻に弾き出されないようにして、怒張を押し込んでいく。

豊かな尻たぶがぶわわんと押し返してくる感触がこたえられない。

ふいに射精感がふくらんだが、それをぐっとこらえた。

最後のセックスでしかも扶美子が見ているというのに、ここで射精するのはあまりにも情けない。

辰雄はつながったまま体位を変えて、松葉くずしの格好にもっていく。

二人の身体が反対側を向き、その真ん中で肉棹がいつもとは違う方向で体内に嵌まり込んでいる。

辰雄がかるく腰をつかうと、智子は顔に近いほうの辰雄の足をつかんで、下腹部を波打たせながらぐいぐいと押しつけてくる。

それから、智子は辰雄の足指に顔を寄せた。

何をするのかと見ていると、親指を頬張った。毛が生えた親指を口に含み、吐き出して、舌をからみつかせる。

信じられなかった。あの智子が自分の足を舐めている。

一応洗ってはいるが、長年の間に積もった匂いもあるだろう。決して清潔とは言えない足の指を、智子は厭うことなく、いや、むしろこれがわたしの使命だと言わんばかりに丁寧に情熱的にしゃぶってくる。

親指をなめらかな舌が這う。

物理的なものより、精神的な快感のほうが大きかった。

(どうだ、扶美子。お前はこんなことまでしてくれないだろう?)

扶美子に気づかれないように視線をそっと欄間《らんま》に投げた。

千鳥格子の向こうの闇のなかで、扶美子の瞳だけが光っている。

ぞっとしながらも、辰雄は智子の足を引き寄せて、足を舐めた。

足裏に舌を走らせると、一瞬、智子の動きが止まった。今度は親指を口に含みなかで舌をからませる。

二人はお互いの足指を頬張りながら、もっと高みへと駆けあがろうと下半身を波打たせ、押しつけあう。

上から見たら、きっとあられもない格好をしているだろう。

夫と不倫相手のしどけない姿を覗くのは、どんな気持ちなのだろう?

辰雄は同じことをして、ショックを受けるとともに昂ぶりを抑えきれなかった。

では、扶美子はどうなのだろう?

もし、智子が扶美子が覗いていることを知ったら?

そんなことを思うと、辰雄の気持ちは昂ぶる。

いや、今回だけではない。同じ屋根の下に妻と愛人を住まわせ、こそこそとセックスしながら、辰雄は肉体ばかりでなく精神的な高揚感を覚えていた。それは否定できない。

だが、その尋常ではない時ももう終わりだ。

辰雄はいったん離れて、仰向けになった智子の膝をすくいあげて屹立を埋め込んでいく。

足をつかんで開かせ、自分は上体を立てて腰をつかう。

扶美子によく見えるようにと、ゆっくりと長いストロークで押し込んでいく。

扶美子には今、夫のエレクトしたペニスが教え子の膣に突き刺さっていく姿がはっきりと見えるはずだ。

(見てるか、扶美子？　お前の若い男はこんなことをしてくれるか？　私のほうが上手いだろ、どうだ)

先端から根元まで大きなストライドで押し込むと、

「ぁあぁ、ぁあぁ……いい……先生、気持ちいい。へんになる。へんになる」

智子が顎をせりあげ、後頭部を布団にめり込ませる。

「よし、もっとへんにさせてやる」

辰雄はすらりとした足を両肩にかけて、ぐっと前に屈み込んだ。スレンダーな裸身が腰のところからV字に折れ曲がり、辰雄の顔のほぼ真下に智子の顔がある。

かなりつらい姿勢のはずだ。だが、智子はおそらくこの体位が好きだ。苦しみを快楽に変える能力を持っているからだ。

辰雄は布団に手を突いて、のしかかるようにして上から突き刺していく。硬直が楔《くさび》のように女の体内を押し広げ、そして、深いところをうがった。

「あああぁ、くうぅぅぅ……」

「苦しいか?」

聞くと、智子は首を左右に振って、

「いいの、いいの……おなかに突き刺さってくる。頭まで響いてきます」

「よし、イッていいんだぞ」

辰雄は歯を食いしばって、肉の鉄槌を振りおろしていく。

これが最後の交わりになるという気持ちが、辰雄を猛々しくさせる。最後だからやさしく、などというのは大嘘だ。

そんなことでは自分の爪痕を女体に刻みつけることはできない。

辰雄は片足をおろして、右手で乳房をつかんだ。千切れんばかりにぐいとひねりあげる。

痛みで歯をくいしばる智子を見ながら、乳房に爪を立てた。

「ツゥーっ……！」

智子の顎が突きあがる。

指を外すと、凜と張りつめた初雪のように白い乳肌に、五つの赤い爪痕が刻まれていた。

自分の乳房を見て、智子がハッとしたように辰雄を見た。

「こうすれば、お前はしばらく亭主と寝ることはできない。その間くらい、私のことを思い出してくれてもいいだろ？」

言うと、智子は唇を噛んで、静かにうなずいた。

辰雄はふたたび足を肩に担いだ。

ずりゅっ、ずりゅっと打ち込むと、智子は両手でシーツを鷲づかみ、これ以上は無理というところまで首から上をのけぞらせて、ずりあがっていく。

ひと突きするごとに智子はずりあがり、首が布団から落ちた。だが、それを引き戻す余裕はすでに辰雄にはなかった。

打ち込むごとに、射精前に感じるあの甘い陶酔が込みあげてくる。まだ放出したくないという気持ちを裏切って、溶岩流が喫水線《きっすいせん》を越えようとしている。

「ぁあぁぁ、ぁあぁあぁぁぁ……先生、先生……」

「どうした？」

「イキそう。智子、イクわ。イッちゃう、イッちゃう」

「イッていいんだ。そうら、出すぞ。智子のなかに……そうら」

最後の力を振り絞って、猛りたつものを深いところに突き入れる。

子宮口付近のふくらんだ粘膜がまとわりついてきて、急激に高まった。

「そうら、イケ」

「ぁあぁぁ、くる、イキます。ちょうだい。いっぱい、ちょうだい！」

「そうら」

「イク、ク、イクぅ……やぁあああぁぁぁぁぁぁぁぁぁ、はうっ」

室内に響きわたる嬌声を放って、智子はのけぞりかえった。

駄目押しの一太刀を浴びせたとき、辰雄にも至福の瞬間が訪れた。

火山のように噴き出すしぶきが、智子の体内の奥深くまで飛び散るのがわかる。

唸りながら、辰雄はぴったりと下腹部を押しつけて、もたらされる歓喜に酔った。

一滴残らず放出しても、まだ離れる気にはならなかった。

どのくらいの間、エクスタシーの残滓に震える女体を抱いていただろう。

嵐が過ぎて、辰雄は腰を引き、すぐ隣にごろんと横になった。

欄間のほうを見ると、すでに扶美子の姿はなかった。

にじり寄ってくる智子を、腕枕してぐいと抱きしめた。

4

翌朝、三人での最後の朝食を摂った。

ダイニングテーブルを囲んで、トーストと目玉焼きにサラダという朝食を口に運びながら、辰雄は感無量で言葉が出ない。

智子も寡黙だ。ひとり扶美子だけが暗くなりがちな場を気づかってか、いつものように接しようとしている。が、やはりどこかぎこちない。

「また何かあったら、家にいらっしゃい」

「はい……ありがとうございます。これからは、なるべく夫と二人で解決するようにします」

「そのほうがいいかもしれないわね。でも、ここを駆け込み寺だと思ってくれていいのよ。ねえ、あなた」

「……ああ、そうだな。いつでも来なさい」

辰雄はそう答えながら、智子はよほどのことがない限りもう家には来ないだろうと思った。

それにしても、昨夜のあの情事を覗き見しておきながら、扶美子のこの態度は見事としか言いようがない。

朝食を終え、二階の部屋にあがっていた智子がボストンバッグをふたつ抱えて階下に降りてきた。

家にタクシーが呼んであった。

扶美子はそのときまだ洗面所にいた。

スーツ姿の智子がバッグを置くとよじり寄ってきて、

「先生……」

悲しそうに辰雄を見た。

辰雄はどう言葉をかけていいのかわからず、無言で智子を抱きしめた。

しなやかな肢体が腕のなかでたわんで、それが、辰雄に智子とこの家で過ごした日々を思い出させた。

これ以上抱いていると、出ていかないでくれ、と哀願してしまいそうで、智子を突き放した。

「もう、ここには戻ってこなくていいからな」

「……はい。でも……」

「なんだ？」

「いえ、いいんです」

智子が言葉を呑み込んだ。

何を言いたかったのだろうと頭を巡らせていると、タクシーが家の前で停車する音が聞こえた。

扶美子が駆けつけてきた。辰雄はバッグをひとつ持って、扶美子とともに智子を送りに玄関を出る。

タクシーのトランクを開けてもらって、ふたつのボストンバッグを入れた。

「ほんとうにありがとうございました。このご恩は一生忘れません」

智子は深々と頭をさげた。

それから、後部座席に身体をすべり込ませる。

ドアが閉まって、タクシーが家の前の玉砂利をミシミシと音を立ててバックし、方向転換して道路に出ていく。

二人はタクシーが見えなくなるまで手を振っていた。それから、家に入る。

リビングに戻ったところで、扶美子が後ろから抱きついてきた。

「おい……？」

「抱いて、今すぐ」

「…………」

「昨夜、智子さんを抱いたでしょ？　知っているのよ」

「……お前は覗いていたよな」

「知っていたの？」

「ああ……それに、もっといろんなことも知っている」

言うと、扶美子が離れた。

「何を？」

「お前は中田という若い国語教師と寝ている。そうだな？」

「……どうしてそれを？」

否定しないところが、扶美子らしいと思った。

　辰雄は、二人がラブホテルに入っていくのを偶然目撃し、それから、扶美子が中田を家に呼んで身体を合わせたのをこの目で確かめたのだと言った。

「そう……でも、彼とはもう別れたのよ」

「えっ……？」

「正確に言うと、これから切れるつもり。智子さんが元の鞘におさまると決めたとき、わたしも彼と別れることにしたの」

　辰雄は驚いて扶美子を見た。

「わたしが彼とつきあったのは、あなたが智子さんと関係があると知ったからなのよ。彼女に出ていってもらおうかと思った。でも、そんなことしても二人は外で逢うでしょ。だから、やめたの……でも、夫が家のなかで不倫しているのよ。何かしないとわたしだって耐えられないわよ」

　辰雄は、中田がそれと同じようなことを言っていたのを思い出した。

「でも、彼女は夫の元に帰っていった。智子さんはあなたと切れるつもりだってピンときたわ。一途だもの、あの子は。だから、わたしも中田と切れることに決めたの。明日にでも、別れを切り出すつもりよ……智子さんがあなたと別れるんだと思ったら、急に彼に興味が湧かなくなったの」

正面に立った智子は辰雄の首の後ろに両手を組んで、下半身を擦りつけてきた。じっと辰雄を見て言った。

「ねえ、扶美子を愛して。智子さんみたいに扶美子を愛して。それとも、わたしではダメ？」

「……いや、そんなことはないさ」

「ほんとうに？」

「ああ……」

「そうよね。あなたにはもうわたししかいないもの……来て」

辰雄の手を引いて、扶美子は先に立って歩いていく。

辰雄を前妻から奪った十二年前の扶美子が戻ってきたようだった。この強引さに辰雄は負けたのだ。

階段を昇りきり、廊下を歩いて、扶美子の部屋に入っていく。かつては夫婦の寝室だった部屋だ。

ひさしぶりに嗅ぐ、女の寝室の匂いだった。

もう半年以上もこの部屋を訪れたことはなかった。いつ変えたのだろうか、インテリアはがらりと変わっていた。以前と較べて随分とシンプルになった。

扶美子は辰雄を導いて、壁に嵌め込まれている等身大のウォールミラーの前まで連れていく。

辰雄のほうが頭ひとつ背が高い。鏡に、長袖のブラウスを着てボックススカートを穿いた扶美子と、その背後に立つ辰雄の顔が映っていた。

最近は鏡のなかの自分を見るのがいやになっていた。思わず視線を外していた。

「わたしたち、随分と歳をとったわね」

扶美子が鏡のなかの辰雄に話しかけてくる。

「ああ、そうだな」

「でも、歳のわりには若いと思わない？　わたしにもまだ若い男を落とすだけの魅力はあるみたいだし、あなただって智子さんをあんなに……昨夜はすごかったわね。いやらしいことをして……」

扶美子は辰雄の手をつかんで、手の甲をぎゅっとつねった。

「ツッー、よせよ」

「バツよ。このくらい何でもないでしょ？　いけない手ね。この手で智子さんに何をしていたの？」

鏡のなかの辰雄を悪戯っぽく見て、その手を下半身へと導いた。

自分でスカートをたくしあげて、辰雄の手をその奥へと誘《いざな》う。ストッキングの質感が太腿の途中で途絶え、ひんやりした素肌が手のひらに伝わった。

そのまま上方へと持っていかれる。下着の感触はなかった。

柔らかな繊毛と肉の層が手のひらに吸いついてくる。

あらかじめそのつもりで、パンティを脱いでいたのだろう。そんな扶美子の気持ちを思うと、胸のうちがざわめいた。

誘われるままに、女陰の狭間に指を這わせていた。

微妙に腰を揺らしながら、扶美子はブラウスのボタンに手をかけて、上からひとつ、またひとつと外していく。胸元がゆるむにつれて黒のブラジャーに包まれた豊かな乳房が見えた。

扶美子はブラウスの裾をスカートから引っ張りだし、背中に手をまわしてブラジャーのホックを外した。

そして、辰雄のもう一方の手を胸のふくらみに導いた。

辰雄はゆるんだブラジャーをたくしあげるように乳房を揉みあげていた。

手のひらに余る乳房は揉めば揉むほどに形を変えて、しっとりと指腹に吸いつくようだ。

ふくらみの頂はすでに硬いと感じるほどにしこっている。

ごく自然に、乳首を指に挟んで転がし、頂上をさすっていた。

「ぁああうぅぅ……ねえ、扶美子のあそこ、濡れているでしょ？」

「ああ、濡れているな。ビショビショだ」

辰雄は耳元で囁く。

悦びの蜜はさすればさするほどに量を増して、指腹にぬるっとしたものがまとわりついていた。

扶美子は揺らした腰を、辰雄の下腹部に押しつけながら、

「わかったでしょ？　わたしも今年四十になります。でも、女なの。放っておかないで……扶美子を愛して、智子さんみたいに」

鏡のなかの辰雄に向かって言い、扶美子は前にしゃがんだ。

ズボンのベルトに手をかけてゆるめ、ズボンとともにブリーフを引きおろし、足元から抜き取った。

辰雄の分身はあさましいほどにいきりたっていた。

「……智子さんだけにこうなるんじゃないのね？　うれしいわ」

辰雄を見あげて言って、肉棹に頬擦りした。

しばらく屹立と戯れてから、扶美子は頬張ってきた。

ずずっと根元まで一気に押し込み、陰毛に唇が接したまま鏡を見た。

恥ずかしそうに目を伏せ、ゆるやかに情熱的に唇をスライドさせて、分身を追い込もうとする。

うねりあがる快美感とともに、辰雄の心にあったためらいが消えていく。

智子と別れを覚悟した一夜を過ごした翌日には、もう、扶美子を受け入れようとしている。そのことに、罪悪感に似たとまどいを覚えていた。

だが、扶美子は中田と別れることを決めたのだ。「扶美子を愛して、智子さんみたいに」という言葉が脳裏でリフレインする。

「扶美子、私と一生添い遂げてくれるか？」

言うと、扶美子は肉棹を吐き出して、辰雄を見あげた。

「はい……だから、辰雄さんも扶美子を愛して。今日は智子さんにしたのと同じことをして」

そう言って、両手を後ろにまわし、右手で左の手首を握った。

昨夜のことを思い出して、智子と同じことをしているのだとわかり、気持ちが昂ぶった。

両手を背中にまわした格好で、扶美子は口だけで肉棹を追い込もうとする。ボブヘアがほつれつく顔を上気させ、唇を尖らせておぞましい肉棹にからみつかせ、往復させせる。その勢いが徐々に増して、ジュブッ、ジュボッという音が立った。

「手を放すなよ」

命じておいて、扶美子の顔を両側から手で挟み込み、腰を動かした。まるで下の口に打ち込むように、深く突き入れていく。

窄まったおちょぼ口を、猛々しいものがずりゅっ、ずりゅっと犯していく。それを、扶美子は苦しげに眉根を寄せながらもどこか嬉々として受け入れている。うねりあがる陶酔に目を瞑ると、この数カ月の出来事が、次から次と目蓋の裏に浮かんだ。

慰労会で和服姿の智子を見たときの驚き、初めて身体を合わせたときの智子のしどけない姿、そして、扶美子の浮気を発見したときの衝撃……。

智子の顔がくっきりと脳裏によみがえった。智子は今夜、夫に抱かれるのだろうか？　いや、乳房に歯形がつけてあるからきっと拒むだろう。

そこまで考えて、もう智子のことは忘れようと、残像を頭から追い出す。

腰の律動を止めると、今度は扶美子が顔を打ち振った。

分身が蕩けているような感覚に酔いしれながら、ウォールミラーを見た。

鏡のなかで、疲れた顔の熟年男がいやらしい表情をさらして、もたらされる悦びにひたっている。

見ていられなくなって、辰雄は目をそらした。肩をかるく叩いて言った。

「ベッドに行こうか」

扶美子は辰雄を見あげて薄い笑みを口許に浮かべ、ゆっくりと立ちあがった。

二見文庫

熟《う》れた教《おし》え子《ご》

著者　霧原一輝《きりはらかずき》

発行所　株式会社 二見書房
東京都千代田区三崎町2-18-11
電話 03(3515)2311［営業］
03(3515)2313［編集］
振替 00170-4-2639

印刷　株式会社 堀内印刷所
製本　合資会社 村上製本所

落丁・乱丁本はお取り替えいたします。
定価は、カバーに表示してあります。

ISBN978-4-576-11054-7
http://www.futami.co.jp/